LE
POÈTE
SINCERE,
OU
LES VERITEZ
DU SIECLE:
POÈME
HEROI-COMIQUE.

Divisé en treize Discours, &
dix Chants.

PREMIERE EDITION.

À ANVERS,
Chez JACQUES LE CENSEUR
à la Verité.

M. DC. XCVIII.

AVIS
AU LECTEUR.

MON Cher Lecteur, je n'ay point eû d'autre veüe dans la composition de ce Poëme Herci-comique, divisé en treize Discours, & dix Chants, que celle de representer avec une sincerité entiere les vertus, & les défauts d'un châcun; ainsi on y pourra voir comme dans un miroir tres-fidelle les verités que les personnes de ce siecle se font gloire de cacher avec tant d'affectation, que les plus clairs voyant auroient peine à decouvrir, & comme ce n'est nulle-ment mon intention de m'ériger icy en Censeur importun, je prie tres-

AVIS AU LECTEUR.

humblement mon Lecteur de remarquer que c'est plûtost une instruction au public pour éviter ces mêmes défauts que de le vouloir blâmer ; c'est pourquoy jugeant favorablement de ma bonne intention, j'espere qu'il donnera une approbation generalle à cet Ouvrage; d'autant plus facilement, que le bon usage qu'il en fera luy sera utile & agréable. Il trouvera à la fin dudit Ouvrage des Remarques, qui luy donneront un entier éclaircissement du desseins que j'ay eû en composant ce Livre.

LE
POETE
SINCERE.

DISCOURS I.

TU fais bien de goûter les plaisirs de
la Cour,

On y voit aujourd'huy ces vertus en
leur jour ;

A tous les beaux esprits tes muses y sont cheres,

Mais les miennes Damon y seroient étrangeres,

J'y vivrois en contrainte, & j'y perdrois le
temps,

A

LE POETE SINCERE.

Ne me preffe donc plus d'abandonner nos
champs.

Tous mes fens font charmez de l'air que j'y ref-
pire.

L'enclos de mes jardins m'y tient lieu d'un empire ;

Et j'ayme mieux mon toit que ces vaftes palais

Ou la felicité ne fe trouve jamais.

Du pea dont j'ay befoin ma retraite eft pour-
vuë,

Sur cent objets divers je puis porter la veuë.

J'y vois de clairs ruiffeaux dont l'onde s'egayant

Semble fur fon gravier fe pourfuivre en fuyant :

J'y vois au loin des monts, des campagnes
fleuries,

Des hameaux, des vergers, des bois & des
prairies.

En quel endroit joüir d'un repos affuré,

Où l'hiver foit plus doux, l'efté plus temperé.

Quelle moiffon de fleurs plus vive plus bril-
lante,

Que celle qu'au printemps Flore nous y prefente,

L'automne eft-elle ailleurs plus abondante en
fruits ?

LE POETE SINCERE. 5

Sous quel climat voit-on de plus tranquilles
   nuits ?

Ou trouve-t'on enfin un ciel plus favorable,

Cerez plus liberale, & Bachus plus aymable ?

Dans nos champs la franchise, & la simplicité,

Affermissent la joye, & la tranquilité.

On méprise le luxe, on neglige les modes :

On n'est jamais sujet à des loix incommodes :

Les divertissemens n'ont rien de fastueux :

Tout est propre & choisi sans estre somptueux,

Et parmi les plaisirs, les jeux, & l'abondance,

On voit du siecle d'or la premiere innocence.

   Je ne veux pourtant pas vanter mal à propos

Une lache mollesse, un indigne repos.

J'estime ces esprits qui par des soins utiles,

Detruisent les abus, & reforment les villes ;

Mais quoy, dois-je esperer de si nobles emplois ;

Je ne fus jamais propre à débroüiller les Loix :

Pour paroistre au Barreau j'ay trop peu d'eloquence :

Je manque pour la chaire & d'art & de science :

Comme à plus d'un autheur le Ciel ne m'a
   donné   A ij

Qu'un talent mediocre, & qu'un esprit borné.

On ne doit se mêler que de ce qu'on sait faire ;

Mais toûjours le repos est un bien necessaire,

Je le prefere à tout , & je serois faché.

Qu'à de penibles soins mon cœur fut attaché

Je veux que ce repos jusqu'au bout m'accom-
pagne ,

Et ravi des beautez qui parent la campagne ,

Si de mes ans le Ciel veut prolonger le cours ,

Je veux vivre pour moy le reste de mes jours.

C'est aprés avoir veu les pays les plus rares,

Et passé jeune encore aux Regions barbares , ?

Qu'à la fin j'ay quitté cet air pur & subtil ,

Des fertilles climats arrosez par le Nil ,

Et que prest d'arriver au plus facheux des
âges,

Dans mon champ paternel j'ay borné mes
voyages.

Là sous des Orangers des saisons respectez ,

J'admire la nature en ses diversitez ,

Là sur un verd gazon quand je suis las de lire

J'aiguise sans chagrin quelques traits de satire.

LE POETE SINCERE. 5

J'ayme la verité, mais en homme d'honneur

Ie ne sçay point trahir la raison, ny mon cœur.

Aux esprits mal tournez je ne veux jamais plaire

Et j'en diray du mal s'ils ne cessent d'en faire.

En gronde qui voudra; je pretends hardiment

Exposer en tous lieux mon juste sentiment,

Quand dans la liberté que ma muse se donne

Elle attaque le vice & non pas la personne.

On ne voit dans mes vers que des noms suposez

Les ouvrages d'esprit n'y sont point méprisez;

Contre les gens de bien jamais je ne m'irrite,

Et je ne suis point né pour noircir le merite.

Il est vray que le siecle est malin sur ce point;

On n'espargne que ceux que l'on ne connoît
point.

Medire est le seul but que chacun se propose:

Qui ne le fait en vers le fait souvent en prose:

Le cœur nourrit toûjours cet inique desir,

Et qui ne parle point écoute avec plaisir:

La medisance regne, & c'est une manie

Qui va degenerer en pure tirannie.

A iij

On ne voit aujourd'huy que ruse & que dé-
tour ;

A tout ce qu'il se fait on donne un mauvais
tour.

Si cet homme est civil, obligeant & sincere,

Il cache, disons-nous, sa haine & sa colere.

Cet autre est liberal, c'est peut-être du bien

Repond au medisant, qui ne luy coute rien ;

Ainsi quelque vertu qu'un esprit sage étalle

Par mille faux discours la bouche la ravale,

Le venin s'y répand, & par un sort fatal

Tout choque, tout s'altere, & tout s'explique
en mal.

La raison dit en vain pour imposer silence,

Que l'homme doit pour l'homme avoir de l'indulgence ;

Personne sur ce point n'est docile aujourd'huy.

On n'en grossit pas moins les foiblesses d'autruy.

Sur l'amour du prochain l'amour propre l'emporte ;

Où l'envie, où la haine est toûjours la plus
forte,

Et que ce soit enfin mensonge, ou verité,

L'homme par l'homme même est toûjours mal-
    traité.

Heureux est le mortel qui dans la solitude

Goute loin de la Cour les douceurs de l'étude :

Qui range sa fortune aux plaisirs innocens ,

Et voit comme enchainez ses desirs & ses sens.

Délivrez de tout soin , exempts de toute crainte

Ne faisons au destin ni priere , ni plainte.

Tant que les passions nous tiendrons dans l'er-
    reur

Nous ne connêtrons plus ni raison ni bonheur.

Nous aurons beau courir tous les climats du
    monde ,

Le chagrin nous suivra sur la terre & sur l'onde ;

Pour chasser ce chagrin qui compte tous nos
    pas ,

Changeons , changeons de mœurs , & non pas
    de climats.

Le prix de la vertu se trouve en elle-même :

Quiconque la connoît il la recherche , il
    l'ayme.

C'est elle qui nous dit qu'un esprit envieux

quoiqu'il fasse pour plaire est toûjours odieux.

8 LE POETE SINCERE.

Que l'on ne doit jamais l'imiter, ni le croire;

Que l'amour du prochain est l'amour de la
gloire,

Et que tout medisant en montrant sa fureur,

Attire le mépris, & donne de l'horreur.

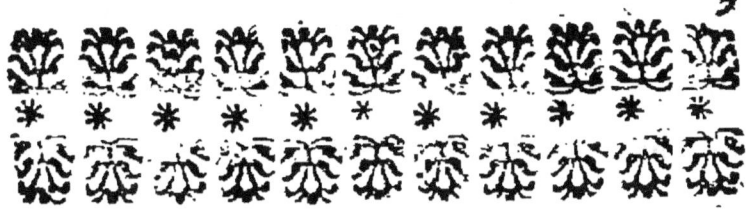

DISCOURS II.

PEut-on voir de sens froid dans l'enclos de nos villes,

Ces gens des-occuppez, ces sujets inutiles,

Satisfaits de sçavoir ceux qui sont dans l'employ,

Ce que dit la gazette, & ce qu'à fait le Roy?

Quoy, noftre grand Monarque animé par la
gloire,

Remporte tous les jours victoire sur victoire,

Et ces cœurs amollis dont l'orgüeil est si grand

N'osent suivre les pas d'un juste conquerant:

Loin de voir les éclairs des guerrieres tempêtes

Dans l'empire amoureux ils bornent leurs conquêtes :

Allez dans un serail étaller vos talents,

L O U I S veut des soldats & non pas des
galants,

Mais vous qu'on voit ici dans la fleur de vôtre âge,

Eft-ce pour achever quelque fublime ouvrage ?

Marchez vous fur les pas des illuftres fçavants

Mettez-vous à profit vos foins & voftre temps ;

Que faites vous, parlez ? vous ne cherchez
fans ceffe

Que tous ces vains plaifirs qu'infpire la mol-
leffe :

Vos foins les plus exacts ne vont qu'à vous
parer :

Dans de vagues deffeins on vous voit égarer :

Pour toutes les vertus voftre ame eft refroidie

Les feftins, l'opera, le bal, la comedie,

Le jeu, le cabaret font vos engagemens,

Et tout répond enfin à vos bas fentimens.

Quelle honte bons Dieux ! Lorfque toute la
France

S'arme pour foûtenir fa gloire & fa puiffance,

De voir des jeunes gens qui par leur lacheté,

Vivent dans l'abondance, & dans l'obfcurité

Quand un fort favorable ajoûte à la nobleffe

Les biens de la fanté, l'aife de la richeffe :

Quiconque eft revêtu de ces dons precieux

Doit dans l'occasion les prefenter aux yeux.

Où peuvent-ils paroiftre avec plus d'avantage

Que dans un cœur qu'excite un genereux cou-
    rage ,

Qui va d'un pas égal affronter les hazards ,

Et fe fait diftinguer dans le metier de Mars ?

Trouve-t'on des plaifirs plus brillants , plus
    folides ?

Ne doit-on pas vanter ces Princes intrepides

Qui dérobent leurs ans aux douceurs du repos :

La gloire a de fes mains formé ces grands
    Heros ,

Elle guide leurs pas , & foûtient leur empire.

Ce fout les conquerants que fans ceffe on ad-
    mire ,

On voit de leur fplandeur les peuples ébloüis .

Et le monde à jamais admirer a L O U I S.

Moy , direz-vous d'abord , j'ay l'honneur
    en partage

Mais je me manque de biens , & fuis fans
    équipage.

Sont cela vos raifons ? ah ne vous flatez pas

Il vaut mille fois mieux chercher un prompt
    trépas

LE POETE SINCERE.

Que joüir lâchement d'une vie importune.

On trouve aux champs de Mars la mort, ou
la fortune.

Ne pouvant commander soyez simple soldat,

Servez sous Ville-Roy, servez sous Catinat,

Prenez part à leur gloire & rendez-vous utile,

Ou sans craindre Neptune allez suivre Tour-
ville;

Sous les Drapeaux du Prince. Il n'est plus de
malheur,

Ses bienfaits vont en foule où brille la valeur.

Ecoutons donc la gloire, & soupirons pour elle.

C'est aux nobles travaux que sa voix nous
appelle.

Combattons pour un Roy que tout craint aujourd'huy.

Nous combatons pour nous en combattant
pour luy;

Son destin nous rendra toutes choses possibles.

Et comme ce Heros nous serons invincibles.

Pour fournir il est vray la carriere d'honneur

Ce n'est pas tout d'être homme il faut avoir du
cœur;

C'est un noble present qu'on tient de la nature.
E

Et plus ou moins enfin tout cœur à sa mesure.

Mais nous deshonorons le sang de nos ayeux

Quand nous n'embrassons pas un employ digne
  d'eux.

En suivant le panchant où la raison nous porte,

Servons nostre patrie ou d'une ou d'autre sorte ,

Et ne faisons jamais si l'honneur nous est cher ,

Des sieges en peinture , & des combats en
  l'air.

On méprise par tout ses braves de Province ,

Et qui porte une épée en doit servir son Prince!

    J'admire encore cet âge où nos hardis Gau-
    lois

Remplissoient l'Univers du bruit de leurs ex-
    ploits.

Endurcis au travail , nourris dans les allarmes,

Même durant la paix ils dormoient sous les
    armes.

Poussez par la valeur dés le premier signal ,

    Ils prenoient tous la lance , ils montoient à
    cheval ,

                              B

Dans cette noble ardeur ils parcouroient la
  terre,

Iusques dans Rome enfin leurs bras portoient
  la guerre.

La France grace au Ciel par un destin heureux,

A toûjours des enfans de ce sang genereux.

DISCOVRS III.

'A V O N S nous pas Marquis aſſez d'autres capr.ces Sans ajoûter encore la Mode à tous nos vices,

Et faut-il que chacun par une folle erreur,

La ſuive aveuglement, & l'ayme avec fureur ?

Devons-nous aplaudir à cette extravagance,

Enfin qu'eſt devenu le bon ſens de la France.

Maudit ſoit le premier qui pour ſe deguiſer,

Sur tous les vêtemens alla ſubtiliſer,

Et malgré la raiſon, l'uſage & la nature,

En changea la couleur, l'étoffe & la figure.

Autre-fois nos ayeuls ſages dans leurs deſirs,

Aux regles du devoir meſuroient les plaiſirs.

Chacun ſelon ſes biens, ſon adreſſe, ou ſou âge,

S'occupoit à la guerre , aux arts , au labou-
    rage.

La femme humble & fincere écoutoit la raifon ,

xftoit chafte , filoit & gardoit la maifon.

Alors on regardoit comme d'énormes crimes ,

La vanité , le luxe , & leurs folles maximes.

Le monde s'habilloit fans façon & fans foin ;

On ne chágeoit d'habit qu'é un preffent befoin;

Et qui fe marioit fe paroit d'ordinaire

De l'habit qu'en tel jour avoit porté fon pere :

Plus ou moins , bien ou mal on étoit afforti ;

Mais ce temps là n'eft plus , & tout eft per-
    verti.

Aujourd'huy le François en Modes trop fertille

Recherche l'agreable , & méprife l'utile.

Toûjours ingenieux aux depens de fon bien ,

Il veut tout , il fait tout & n'examine rien

Tantôt d'un juftaucorps il couvre fa perfonne,

Tantôt un grand manteau le charge & l'envi-
    ronne :

Il porte des chapeaux , des pourpoints & des
    bas ,

Tantôt longs, tantôt courts, tantôt hauts,
    tantôt bas.

Au taffetas leger succede l'écarlate :

Aujourd'huy le collet, & demain la cravate,

Et je crains qu'on ne veüille aprés tant de def-
    feins,

Porter des gants aux pieds, & des souliers aux
    mains.

Avoüons sur ce point que l'Espagnol est sage ;

Ce qu'il porte vieillit avecque son visage.

Le caprice d'un fol ne sauroit l'abuser ;

S'il prend un habit neuf il l'acheve d'user ;

Mais cet heureux talent ne fut jamais le nô-
    tre.

Dés qu'un habit est fait nous en voulons un
    autre.

D'eût-on manger son bien, d'eût-on en enra-
    ger,

Lorsque la Mode change il faut aussi changer,

Et qui veut sagement s'exempter de la suivre

Est fol selon la Mode, & n'a jamais sçeu vi-
    vre.

Et bien puisqu'on le veut suivons la Mode en
    tout.

Mais où font nos trefors pour en venir à bout

A-t'on d'un poids égal partagé les richeffes ?

Le fort à tout venant ne fait pas des largeffes ;

Et tel qui dans le Louvre ofe fe promener

Sent que fa bourfe eft vuide, & ne fçait où di-
ner ;

Non ce n'eft plus le temps de payer en paroles :

Il faut des cautions, ou compter des piftolles.

Que deviendra Lifis ce poëte indigent,

Lifis plus pauvre encore en fçavoir qu'en argent,

Qui malgré tous les foins de fon économie,

Trouve de tous côtez la fortune ennemie.

Pour fe mettre à la Mode, il a beau tous les
ans

Sur fes habits refaits promener fes rubans.

Clidamont à fans doute une autre deftinée ;

Il peut changer de tout plus de vingt fois l'an-
née :

Il peut avec fon or acheter de l'honneur,

Et de petits commis fe faire gros Seigneur.

Mais qu'eſt-ce que la Mode ? un monſtre,
    qu'on adore

Qui dans ſon l'abirinte à la fin nous devore.

Lorſque dans ſes detours on ſe trouve engagé

On ſe ruine eût-on tout l'argent du Clergé.

Le Marquis pour refaire un pompeux équipage

Aprés beaucoup de frais vend ſon bien, où l'en-
    gage.

Le Bourgeois orgüeilleux s'abime follement.

Le Marchand met ſon fonds en un habillement.

Le Courtaud pour le ſuivre oſe tout entrepren-
    dre,

Et tel pour un habit prend; vole & ſe fait pendre

   Aux appas de la Mode on ne peut reſiſter,

Et ce charmant Demon ſi propre à nous tenter,

Règne auſſi ſur les mœurs dans le ſiecle ou nous
    ſommes ;

Les Femmes, il eſt vray, l'emportent ſur les
    Hommes ;

La Mode eſt du reſſort de leur fertille eſprit.

Et combien en voit-on que la Mode éblouït ?

Celle-cy dont le faſte eſt égal à l'audace,

Diſſipe les Thréſors que ſon Epoux amaſſe.

Et quoy, son Mary l'aime, elle peut tout
oser.

Le coffre d'un Mary pourroit-il s'épuiser ?

Lors que c'est pour la Mode on ne met rien en
compte.

La Mode ne connoît ny contrainté ny honte.

Des pistoles.. comment ? il y faut consentir :

Pourquoy tant ? je le veux c'est pour me divertir.

Le bon homme voit tout, que faire ? sa tendresse

Traite un excez si grand de petite foiblesse :

Il ne veut pas se plaindre & moins la quereler ;

Ou bien d'autres raisons l'empêchent de parler.

La Mode excuse tout jusques au défauts de
l'ame.

Si l'on dit à CLORIS que le Monde la blâme

De voir six jeunes Fols l'assieger tour à tour,

C'est ainsi, dit CLORIS, qu'on en use à la
Cour.

Parlez à CELIMENE, & faites luy connêtre

Qu'elle ne fut jamais ce qu'elle veut parêtre :

Quand vous avez fini CELIMENE répond,

C'est la Mode & je fais ce que les autres font.

Tout réconnoit la Mode, & cette Souveraine,

Veut que le Sexe vole ou son péchant l'entraine

Que DORISE pour Loy n'ait que sa volonté,

Qu'elle aime son orgueil autant que sa beauté,

Qu'elle endorme un Mary commode, & débon-
naire,

Qu'à tout autre qu'à luy son humeur songe à
plaire.

La Mode veut que LISE aille courir le Bal,

Que travestie en Homme elle monte à cheval,

Que dans l'Eglise même elle soit plus hardie

Qu'un Cadet dans la Foire, ou dans la Comedie,

Et que croyant en Dieu par maniere d'aquit,

Elle en fasse encor plus que le Monde n'en dit.

La Mode veut enfin QU'AMINTE se contente,

Qu'elle soit Bel Esprit, Curieuse, Sçavante,

Ecrive des billets, donne des rendez-vous,

Reçoive des presens, prodigue des bijoux.

Qu'elle ait le cœur rempli d'une ardeur indif-
crette ;

Qu'elle paffe pour ieune, & que cette Coquette

Pour manger, pour joüer, & pour faire l'a-
mour,

Faffe du jour la nuit & de la nuit le jour.

D'accord, mais c'eft la Mode. O la belle dé-
faite

Pefte foit de la Mode & de ceux qui l'ont faite.

Si cet abus eft grand on devroit l'empêcher.

Vrayment contre la Mode oferoit-on pêcher.

Pour dompter un tel Monftre il faudroit un Her-
cule.

Voulez-vous qu'un Mary s'érige en ridicule,

Que le Monde le loge à l'hôpital des Foux,

Et qu'on dife par tout Monfieur tel eft jaloux ?

Cent Coquettes alors contre luy déchainées,

Tâcheroient par leurs vœux d'abreger fes années.

Non non l'honnefte Femme à d'autres fentimens ;

Elle n'affecte point les riches ornemens :

Par les erreurs du fiécle elle n'eft point feduite.

Sa dépense est reglée ainsi que sa conduite,

Et pour joindre l'honneur aux biens de sa maison,

Elle soumet la Mode aux loix de la raison.

Mais nous pourrions Marquis prêcher trente
Carêmes,

Que les Femmes du temps seroient toûjours les
mêmes.

Quoyqu'on leur puisse dire elles n'en font pas
moins.

Laissons si tu m'en crois ses inutiles soins.

Lorsque l'on parle en vain il est mieux de se
taire.

Pour moy je suis d'avis de vivre & laisser faire.

Des sottises d'autruy dois-je avoir du souci ?

On veut suivre la Mode, & je le veux aussi.

DISCOVRS IV.

'En doute pas DAMON les hon-
neurs, les richeffes,

Et toutes ces grandeurs qui flatent
nos foibleffes,

Dont les fages du temps font leur felicité,

Ne font comptez pour rien au prix de la fanté.

Il eft vray, me dis-tu, que ton mal eft horrible ;

Mais la pauvreté feule en eft un fi terrible

Que tout homme de cœur luy prefere la
mort.

Ie fremis de penfer à ce malheureux fort.

La parfaite fanté vaut beaucoup je l'avoüe;

Mais l'or a des appas que tout le monde loüe:

Chacun veut en avoir, chacun en eft épris.

J'écoute ces propos, & dans l'ame j'en ris.

C

Sont-ce là les confeils que le bon fens nous
    donne,

Ou n'eft-ce pas ainfi que le Peuple raifonne,

Et que par ces difcours auffi foibles que vains

Un Avare foûtient fes avides deffeins ?

Ces Biens fi recherchez pour qui chacun s'em-
    preffe

Chaffent - ils les ennuis , calment - ils la tri-
    fteffe ?

Peuvent-ils empêcher qu'un chagrin devorant

Ne volle dans ton cœur , & n'y regne en Ti-
    ran ?

L'Or t'exemptera-t'il de haine , d'avarice ,

D'ambition , d'amour , & de tout autre vice ?

Bien loin d'en arrêter les progrez violens

C'eft l'Or qui les fomente , & les rend info-
    lents.

Ces immenfes Threfors fur quoy ton cœur fe
    fonde ,

Dés qu'ils furent connus dérangerent le mon-
    de :

Le Sage les negligent , il trouve tout en foy.

Il est Comte, Marquis, Duc & Pair, Prince,
 Roy,

Et bien qu'il soit issu d'une race commune,

Dans l'indigence même il brave la fortune.

Il sçait que la vertu par sa propre clarté,

Brille, & dans le grand jour, & dans l'obscu-
 rité,

Que dans son propre fonds elle se renouvelle,

Et que l'éclat de l'or ne la rend pas plus belle.

 Eh de grace cessez de tant moraliser ?

L'Or quoy que vous disiez n'est point à mé-
 priser :

Il me plaist, il me charme, & ses douceurs sont
 grandes.

 Et bien le juste Ciel t'accorde tes demandes.

Il te comble d'argent, de charges & d'honneurs.

Ah, laissez-moy je sens augmenter mes douleurs.

Qu'importe vis à l'aise … helas qu'osez vous
 dire !

D'où vient que tu palis, & que ton cœur soupire ?

N'a-t'on pas exaucé tes desirs vehemens ?

L'Or n'apaise donc point la goute & ses tour-
mens ?

Et tu dois avoüer qu'une santé parfaite

Vaut mieux que ces Tresors que ton ame souhaite.

Mais parlons franchement, & dans nos entretiens

Examinons un riche entêté de ses biens :

Regardons-le suivi de Laquais & de Pages,

Et de tout l'appareil des pompeux équipages.

Que peut-il quand les maux sortans de toutes
parts,

Le mettent aux Arrêts sur ses lits de brocarts.

Quand dans le vain espoir de quelque prompt
remede

Il ne joüit de rien de tout ce qu'il possede.

Lorsque la fiévre enfin nous presse vivement

Que nous sert la beauté d'un vaste apparte-
ment.

Le Somptueux reduit d'un Alcove dorée

Fait-il que la douleur en est plus moderée.

Point du tout, & quiconque est dans ce triste
état

Sent malgré sa grandeur que la douleur l'a-
bat.

Il n'a plus de plaisirs, ny de momens tranquilles,

Et tout son temps se passe en souhaits inutiles.

Le moindre Laboureur, robuste & vigoureux,

Ne peut-il pas joüir d'un destin plus heureux.

A ses justes desseins ses sens sont-ils rebelles.

Il n'est point maitrisé par des douleurs cruel-
les.

Avec son peu de biens il a tout à souhait,

Il mange avec plaisir, il dort quand il luy
plaist,

Et sans avoir recours à son Apoticaire

Son corps libre & dispos trouve tout salu-
taire.

Il n'en est pas ainsi d'un riche languissant;

Quel effort fera-t'il le mal est trop pressant ?

Il faut bientost finir, on vivre par methode,

Le Soleil l'étourdit, la bise l'incommode,

Son esprit abusé luy fournit cent raisons

Pour fuir les plus beaux jours de toutes les saisons.

Il n'ose faire un pas sans garder des mesures,

Et tirant à tout coup de fausses conjectures,

Il ne sçait ce qu'il veut & se laisse mourir

De peur de s'échauffer ou de se refroidir.

   Tel Riche est miserable, ou n'est digne d'en‑
vie

Que lorsque la santé suit le cours de la vie.

Et je crois qu'il vaut mieux ne boire que de
l'eau :

N'estre comme SIMON vêtu que de Bureau,

Et pour tout Mets enfin n'avoir qu'une Sala‑
de,

Que de se voir toûjours Opulent & Malade.

DISCOURS V.

CHACUN mal-à-propos s'érige en Politique,
Vante fes fentimens, étale fa critique;

Et le plus retenu defaprouve tout bas,

Ou ce qu'il ne peut faire, ou ce qu'il ne fait pas

Mais parmi tant d'erreurs je ne fçaurois comprendre

Pourquoi des gens fenfez ofent blamer Lifandre.

Ouy malgré la raifon je vois certains efprits

Qui condamnent l'amour dont fon cœur eft épris

L'un dit que cet Amant a fait un choix bizarre.

Qu'il devoit s'attacher à quelque objet plus rare.

L'autre dit que CELINTE à de l'honnêteté;

Mais qu'avec du merite il faut de la beauté.

Ne feriez-vous pas mieux Cenfeurs vains & févéres

De donner moins d'effort à toutes vos chimeres?

Si vos piquans propos ne peuvent s'arrefter

Sur les vices au moins vous devez les porter.

Attaquez hautement l'orgueil & l'injuftice :

Blâmé du vieux SIMON la fordide avarice,

SIMON qui femble Sage aux riches d'aujour-
d'huy,

Parce que la plufpart font auffi fols que luy.

Faites voir ce rêveur toujours fombre & fa-
rouche.

Entaffant des tréfors où jamais il ne touche.

Ne cachez plus à tous vos aigres fentimens ;

Mais ne chicanez point fur les droits des A-
mans.

Par qu'elle autorité bornez-vous leur tendreffe?

Chacun felon fon gouft doit choifir fa Mai-
treffe.

Vous prefumez en vain qu'un cœur judicieux

Pour faire un digne choix aille emprunter vos
yeux.

Ne vous abufez point : fachez qu'en ces matieres

On pretend fe fervir de fes propres lumieres;

Qu'on ne prend de Conseil que de son propre
  cœur,

Et que lorsqu'on se trompe l'on aime son erreur,

Pourquoy donc follement vous mettez-vous en
  peine

Si j'aime Amarillis, ou si j'aime Climene ?

Devez-vous partager & mes biens & mes maux

Je veux aimer Cloris avec tous ses défauts.

Meritay-je par-là que le Public en glose ?

Veut-on que de nos cœurs la Police dispose,

Et que sans un Arrest de quelque Parlement

On n'ose faire un choix, on ne puisse estre A-
  mant ?

Veut-on qu'un jeune cœur n'ose rien se permet-
  tre,

Et qu'il regle ses feux avec le Thermometre ?

Mais je veux qu'un Amant se trompe au choix
  qu'il fait.

Aimons-nous, dites-moy, quand & comme il
  nous plait ?

Trouve-t'on en Amour une route certaine,

Et toûjours la raison est-elle souveraine ?

Amour dans ses desseins n'est qu'un capricieux,
Il se rit des Mortels, il se moque des Dieux.

Tout ce vaste Univers roule à sa fantaisie.

Quand i'ay choisi Cloris c'est luy qui l'a choisie.

J'ay beau pour la quitter implorer du secours

Si l'amour n'y consent je l'aimeray toûjours.

Lorsqu'on est une fois soumis a son Empire

Il veut qu'on souffre tout , & qu'on n'ose rien
dire.

Et vous voulez qu'un cœur affermi sous ses
loix ,

Soit en toute façon le Maitre de son choix?

Que contre son destin , & contre la nature,

Il pousse des soupirs par poids , & par mesure ?

Ecoute qui voudra ses faux raisonnemens ,

Ou fasse sur l'amour de nouveaux Reglemens.

Je veux me gouverner au gré de ma cervelle.

On méprise Cloris , moy je la trouve Belle ;

Qu'à-t'elle , dira-t'on , qui vous puisse charmer?

Rien du tout si l'on veut ; mais je la veux aimer.

DAMIS dit sottement que LISE est sans seconde

Quoyque son air grondeur irrite tout le Monde.

ALCIPE aime MALITE , & son tein toutefois

Avec deux doigts de fard est plus sec que du
bois.

Et si Lisandre enfin trouve Celinte aimable

Son amour est aveugle , & son choix condan-
nable.

Mais elle n'est pas riche. Ignorez-vous encor

Que le merite seul est un rare Thresor ?

Un infame interest vous occupe sans cesse ,

Et vous fait preferer Messaline à Lucrece.

Ce qui remplit la bourse , & ce qui plaist aux
yeux ,

A vos cœurs dereglez est-il si precieux ?

Qu'importe, dit's-vous, que dans le mariage

L'Epouse qu'on choisit soit ou Coquette , ou
Sage ?

L'argent seul aujourd'hay peut remplir nos desirs ,

Et l'Hymen sans argent est bientost sans plaisirs

O le beau sentiment ! ô la docte maxime !

Est-ce qu'avec l'argent tout devient legitime?

Et que par les douceurs qu'il peut faire gou-
ter ,

Un honnête Mary n'a rien à souhaiter ?

Il est bon je le sçay d'en avoir à tout age ;

Sur tout lorsqu'on sçait l'art d'en faire un bon
usage ;

Mais l'excez dites-moy nous rend-il plus heureux,

Et faut-il qu'à luy seul se bornent tous nos
 vœux ?

Quel charme ! quel plaisir de trouver en sa femme

Les attraits de l'esprit, la noblesse de l'ame,

L'éclat de la vertu. Fi de toute beauté

Qui joint à de grands biens une sotte fierté;

Si l'on veut resister à son impatience

Cent reproches sanglants marquent son insolence :

Elle se vante, gronde, ou crie à tous propos,

Et l'on perd à la fois l'honneur & le repos.

DISCOURS VI.

I L le faut avoüer ta manie eſt extrême.

Quoy ? Seras-tu toûjours ennemi de toi-
meſme ?

Toûjours ingenieux à chercher des tourments,

Ne te nourriras-tu que de medicaments?

Loin de trouver en toy cette humeur enjoüée

De l'un & l'autre ſexe autrefois ſi loüée :

Loin d'y trouver encor une maſle vigueur,

On n'y voit aujourd'huy que chagrin, que lan-
gueur.

Le moindre contre-temps d'abord te deſeſpere ;

Pour un verre caſſé tu te mets en colere:

Tu ne ſçais pas toy-meſme enfin ce que tu veux;

Et tes plus chers amys ſont pour toy des fâcheux.

Dans ce malheur pourtant ſi je pouvois ſans
peine

Te voir, & te parler une fois la ſemaine,

D

Je te raconterois pour charmer ton ennuy,

Toutes les nouvautez qu'on debite aujourd'huy.

J'irois chez toy du moins plaindre ton infortune;

Mais si j'y vais vingt fois à peine te vois-je une.

Envain ma passion veut y remedier;

Tes gents sont prests soudain à me congedier;

Monsieur est occupé, mais ta plus grande affaire

C'est de prendre un Julep, ou de vendre un
    Clistere :

Remede ridicule, & des plus Indecents,

Qui choque la raison, la nature, & les sens.

Reponds-moy je te prie ? En te purgeant sans cesse

Dans ton corps agité sens-tu moins de foiblesse ?

Seul & toûjours pensif sur un lit Etendu,

Penses-tu recouvrer ton appetit perdu ?

Quel charme en cet Etat trouve-tu pour t'y
    plaire ?

Pour moy je ne crois pas qu'il soit fort necessaire

Que pour guerir d'un Rhume, ou d'une foible
    Toux

Vingt Docteurs affamez t'aillent tater le poux.

Le doux foulagement pour un pauvre malade

D'éfcouter tous les jours leur Eloquence fade,

Et d'entendre prouver par mille abfurditez,

Le combat Eternel des quatre qualitez :

Comme fi dans l'Enclos de nos foibles entrailles

Les humeurs fe choquoient, & donnoient des
　　Batailles.

Eft-ce donc fans fujet qu'on crie, & qu'on fe
　　plaint ?

Chaque Art a certain but que l'Artifan atteint,

Et le Medecin feul, quelque expert qu'il puiffe
　　eftre,

De fon fçavoir douteux ne peut rien fe promettre:

Talgon aprés dix mois qu'il vous a tourmanté,

Vous ofte par fon art tout efpoir de fanté ;

Puis voulant s'excufer de fes fautes enormes,

Il dit impunement qu'on eft mort dans les formes.

Aux Docteurs comme luy tout n'eft il pas permis?

Ah ! Qu'il s'en aille au diable, ou chez nos
　　Ennemis.

Doit-on encore aymer fa funefte prefence,

Et pour cet affaffin avoir de l'indulgence ?

Doit-on s'imaginer aprez de pareils coups,

Que lorsqu'on meurt ainsi le trepas est plus doux?

C'est justement le fait d'un ame peu sensée.

Je me garderay bien d'une telle pensée.

    Dans ces siecles heureux exempts de Medecins,

Quiconque estoit malade appelloit ses voisins.

Là qui s'estoit gueri de quelque mal semblable

Luy donnoit en trois mots un conseil charitable,

Et fuße enfin adresse, ou science, ou bonheur.

Souvent un herbe, un rien apaisoit sa douleur.

Mais les siecles suivans plus feconds en malice

Firent voir à la fin ce que peut l'artifice.

Un Tas de vieux reveurs exciter par le gain,

Travaillant aux depens de tout le genre humain,

Masquant un faux sçavoir d'une modeste mine,

Se firent appeller Docteurs en Medecine,

A l'abri fortuné de ce nom specieux

Ils semerent par tout leur Art pernicieux.

Les Grands, ou par caprice, ou par pure ignorance,

Les souffrirent chez eux, leur donnerent creance,

Et le peuple grossier pour imiter les Grands,

Vit, crût, & revera ces premiers Charlatants.

H'pocrate parût, & toute ſon adreſſe

Ne pût à ce bel Art donner quelque juſteſſe.

D'autres vinrent en ſuite, & pour mieux impoſer

Sur Hipocrate meſme ils oſerent glozer.

Galien vint enfin dont la fatale plume

Sur les fauſſes humeurs compoſa maint volume ;

Fit un nouveau Jargon, & tel en fait grand cas

Qui l'explique à ſa mode ; & ne le comprend pas,

C'eſt dans ces beaux eſcrits coupables de cent
crimes,

Que tous nos grands Docteurs vont puiſer leurs
maximes :

C'eſt par ces baux eſcrits qu'il leur eſt ordonné

De farcir nos boyaux de Caſſe, & de Séné.

Ne vaudroit-il pas mieux laiſſer à l'aventure

Agir dans le beſoin la ſçavante nature ?

Ses remedes moins chers ſont bien plus aſſurez ;

Elle ne donne point des poiſons preparez.

Quitte donc un deſſein formé pour ta ruïne.

Laiſſe les Medecins, & leur vaine doctrine.

Sur d'autres que sur toy qu'ils aillent s'exercer.

Si par malheur pourtant tu ne peux t'en passer,

Ne fais choix que de ceux qui sont dans leur
science

Fonder sur la nature, & sur l'experience :

Que nul crime impuni n'a jamais fait rougir,

Et que le bien public fait noblement agir.

Mais fuis pour ton repos ces Docteurs merce-
naires,

Esclaves de l'usage, & des Apoticaires.

Ne va point prevenir le trepas qui t'attent ;

Un peu plus un peu moins tu peux vivre content.

DISCOURS VII.

VOus venez à la Cour, & par voſtre
     preſence

Vous n'expoſez aux yeux qu'une ſiere indigence.

Que vous ſert aujourd'huy de nous jurer cent fois

Que vos nobles Ayeuls ont ſervi ſous nos Rois ?

Quand vous ſeriez ſorti d'un des nepveux d'Her-
     cule,

Voſtre ſort vous degrade, & vous rend ridicule;

Envain par la Nobleſſe on veut ſe ſoûtenir ;

Le pauvre doit tout craindre, & ſurtout l'avenir.

O le Triſte entretien d'aller pour tout regale,

Meſurer chez un Grand le pavé d'une Salle,

Et parmi tous ces flots de Courtiſans ruſez

D'eſtre le vray miroir des pauvres abuſez !

Tout le monde à l'envi s'informe avec adreſſe,

Non de voſtre ſçavoir, ni de voſtre Nobleſſe,

Le merite tout feul eft toûjours inconnu ;

Mais on s'informe alors de voftre revenu.

Ce gueux là, dira-t'on, que le hazard prefente

Cherche envain un azile, il n'a ni fonds ni rente,

Que vient-il faire icy nous en fommes genez ?

Et tout ce beau difcours fe fait à voftre nez.

Voulez-vous pour repondre à mille bagatelles,

Faire à chaque moment d'inutilles querelles ?

Et quand vous le ferez ferez-vous le plus fort ?

A la Cour comme ailleurs le pauvre a toûjours
tort.

Refolvez-vous plutoft pour vous tirer de peine

D'aller fur le Pont neuf voir la Samaitaine,

Qui par fon Carillon femble dire aux Paffans

Que Davon eft toûjours l'ennemi du bon fens.

Je connois il eft vray des Grands dont la Science,

La Generofité, l'Efprit, & la Vaillance

Eclatent dans le monde, & fe font admirer :

Oüy j'en connois plus d'un ; mais qui peut
s'affurer,

Si l'on n'a comme nous qu'un merite ordinaire,

De les voir tous les jours , & de pouvoir leur
plaire ?

Quelque autre , direz-vous plus ou moins vertueux ,

Sçaura me diftinguer du faquin fomptueux.

Vous aprochez ce Grand à peine il vous regarde.

Vous eftes devant luy fans qu'il y prenne garde.

Quand mefme vous diriez quelque chofe de bon

Affez mal à propos un Geux fait le Caton ,

Et marcha-t'il toûjours fur les pas de Socrate

Il paffe pour un Fat que fon propre orgüeil flate.

Il ne vous fied pas bien de faire le Docteur,

Pour plaire aux Gents de Cour il faut eftre flateur :

Il faut fe recrier à toutes leurs parolles :

Loüer leur bel efprit , & leurs pointes frivolles :

Admirer un difcours , embarraffant , obfcur ,

Euft-il plus de defauts que l'Ode fur Namur.

Ne me repliquer point qu'on voit des ames baffes

Reüffir prez des Grands , avoir leurs bonnes
graces ,

Et que vôtre vertu vous promet ce fuccez.

La vertu n'obtient pas tout ce que vous penfez.

Peut-eftre en promenade, & laffé des affaires,

Un Grand vous parlera de cent chofes legeres,

Des beaux jours, & du temps que l'Almanac
    predit,

Ou des Vers de Morlin dont tout le monde rit.

N'attendez pas de luy des fecrets d'importance ;

Dez qu'il vous voit fans biens, il vous croit fans
    prudence :

Il craindroit qu'un caprice, ou qu'un vil intereft

Ne vous portât bientoft a trahir fon fecret.

Irez-vous follement prendre place à fa Table ?

D'un homme infortuné tout eft infupoitable.

Et n'y ferez-vous pas regardé de chacun

Ou comme un Parafite, ou comme un Importun?

Toutes vos actions fans ceffe examinées,

Par quelque indigne heureux y feront condam-
    nées.

A peine en cet Etat ofe-t'on murmurer.

Un Faquin opulent n'a rien à defirer ;

Vertu, Merite, Efprit, Sçavoir, Honneur,
    Nobeffe,

Ne se mesurent plus qu'au pied de la Richesse.

Le sort le veut ainsi ; c'est luy qui chaque jour

Produit , & fait briller mille Sots à la Cour;

Tel Polidor paroist , mais enfin quoy qu'il fasse

Polidor sent toûjours l'ordure de sa race.

Mais pourquoy riés-vous de ce que je vous
dis ?

Pretendez-vous vous mettre au rang des beaux
Esprits ?

Et par le frêle appuy des filles de memoire.

Acquerir des amys , du bien , & de la gloire ?

Ne vous verra-t'on plus que la plume à la main?

Defaites-vous bientost d'un si maigre dessein.

Vous ne sçavez donc pas que le bel Esprit donne

Certain Je ne sçay quoi qui ne plaît à personne ?

Vous estes bel Esprit , Je vous crois ; mais enfin

En serez-vous suivi d'un plus riche destin ?

On montre un bel Esprit comme un Ours que l'on
meine ,

Que l'on craint qu'il ne morde , ou qu'il ne se
dechaine :

De ses plus beaux escrits on ne fait que railler ,

Et dez qu'on l'ap'erçoit on commence à bâiller.

Mais vous faites des Vers. Et qui n'en sçait point
    faire ?

C'est des Esprits communs le metier ordinaire.

Oüy les Vers font des fruits de toutes les saisons.

On en fait tous les jours aux petites maisons.

Chacun malgré Phebus monte sur le Parnasse.

Il n'est point de Grimaud qu'il n'y marque sa
    place.

Les Comtes , les Marquis, les Bourgeois, les
    Marchands,

Les Moines, les Valets , les Femmes,les Enfants,

Ont fait voir que les Vers fourmillent dans leur
    Teste .

En Vers un Procureur peut mettre une Requeste:

En Vers un Avocat peut plaider au Palais :

Colin mesme en sçait faire , & bien ou mal j'en
    fais.

Qu'on ne gronde donc plus si tant de Tragedies ,

De Stances, de Sonnets, d'Odes, & d'Elegies,

Et tant d'autres fatras de nos Auteurs naissans

Paroissent en public , & fatiguent les Gens.

                            Et

Et bien, répondez-vous , je n'escriray qu'en
   Prose.

A cent Lecteurs malins vôtre Ouvrage s'expose.

Mais je vois ce que c'est , vous voulez en Autheur

Mandier le secours d'un riche Protecteur ,

Et dans l'impression d'une Lettre importune

Parer de cent vertus tel qui n'en a pas une :

Travestir en Heros un fat, un ignorant ,

Et luy donner d'abord Amadis pour parent.

Vous allez rendre un jour vôtre fortune heureuse,

Sera-ce en écrivant quelque intrigue amoureuse ,

Où vous raconterez sans Conduite , & sans Art ,

Mille incidents user appliquer au hazard ?

Ou bien pretendez-vous sous des noms veritables

Corrompre impunement l'Histoire par des Fables ?

Avec un long amas de fragments raportez

Voulez-vous mettre au jour des Livres avortez ?

Des memoires d'autruy remplir plus d'un volume,

Ou sur divers sujets exercer voltre plume ?

Si c'est là voltre envie , & voltre seul recours

Sous quelque autre climat aller passer vos jours.

Tous ces Livres grossis par ces fades merveilles

Ont lassé mille fois nos yeux , & nos oreilles.

Le monde est revenu de ces amusements.

Ce sont noires Vapeurs , & froids Egaremēnts.

Croyez-moy donc bientost , songez à la retraite.

On n'a pas en ces lieux tout ce que l'on souhaite.

Oüy fut-on des mortels le plus homme de bien.

Si l'on ne paroist Riche on n'est compté pour
    rien ,

Et ce nouveau Marquis qu'on voit sans Equi-
    page

Fait sans doute à la Cour un méchant personnage.

DISCOURS VIII.

Urois-tu jamais crû que malgré mon humeur,

Je me fusse attiré la haine d'un Rimeur ?

Comte, c'est fait de moy si sa colere dure.

Pour mieux t'en éclaircir aprens mon aventure,

Et souviens-toy que J'ay dans ce grand Embarras,

besoin de ton conseil, & non-pas de ton bras.

L'autre jour estant seul, & ne sçachant que faire,

Je fus chez Dorimon contre mon ordinaire.

Dez qu'au bas du degré J'osay me presenter

Un grand bruit me surprit, il fallut m'arreter;

Mais à la fin je monte, & je trouve à la Salle

Clitidas qui poussant une voix Infernale,

Entouré de vingt Sots d'âge, & d'esprit divers;

E ij

Lisoit en furieux ses lamentables Vers.

Le Maître du Logis riche en ceremonie,

Se leve, & m'introduit dans cette compagnie.

Ie pensay tomber mort à l'aspect de ces Gens.

D'oser me retirer il n'en estoit plus temps;

De sorte que muet, & le cœur plein de glace,

Entre deux vieux Pedants en tremblant je me
    plasse.

Nostre Poëte alors bouti de vanité,

D'un regard gracieux me fait civilité;

Puis voyant que chacun observoit le silence,

Il reprend tout à coup sa fureur en cadence,

Et par ses divers tons Jadis étudiez,

Il fait fremir ce tas d'Auditeurs mandiez.

Que te diray-je encor de cet Autheur Tragique?

Chaque Vers m'épouvante & me semble ma-
    gique.

La maison en trembloit, tous les Passans l'o-
    yoient,

Et de tous les côtez les Chiens en aboyoient,

Ce furibond Autheur à chaque personnage,

Changeoit d'aspect, de voix, de geste, & de
visage.

On le voyoit tourner sur un petit Placet,

Tantost faisant la basse, & tantost le fausset.

Jamais plus effroyable, & plus longue lecture.

Mon Esprit & mon Corps estoient à la torture;

Mais il acheve enfin, & moy sans compliment

Je disparois soudain assez adroitement.

Pour me delasser donc je cours chez la Mar-
quise.

Une seconde fois juge de ma surprise?

Mon sort ne fut-il pas & triste, & malheureux,

De trouver auprés d'elle un Poëte amoureux?

Il fallut Ecouter d'autres impertinences.

Il lit des Madrigaux, des Sonnets, & des
Stances.

Son air tout langoureux augmentoit sa paleur.

Je crus plus d'une fois qu'il mourroit de douleur.

Son auditoire estoit trois Jeunes precieuses

Des sottises du temps follement amoureuses,

Et deux prudes enfin à qui maints beaux Esprits

Vont reciter leurs Vers ; & montrer leurs Ecrits.

A chaque fin de Stance on entendoit fans cesse,

Ah ! que ce trait est beau ! Bon Dieu que de tendresse !

On estoit pour les Vers dans l'admiration,

On en loüoit le sens, le tour, l'expression,

Les termes Empoulez, les pointes, & le stile.

On trouvoit que sa Muse estoit noble & fertile.

Tout estoit enchanté, tout estoit merveilleux.

L'Autheur s'applaudissoit dans son cœur orgüeilleux.

Pour joüir de sa gloire il leur laissoit tout dire.

Moy j'attendois toûjours qu'il n'eust plus rien
à lire,

Et j'enrageois de voir qu'en depit du bon sens,

Ces belles à l'envi prodiguoient leurs Encens :

Je ne sçavois que faire, & maudissois dans l'ame

Le Poëte, les Vers, la Maison, & la Dame.

Mais lassé d'essuyer tous ces fades transports

Je prends un faux pretexte, & sans façon je
sorts.

L'esprit encor rempli de tant de reveries,

Je traverse le Louvre, & j'entre aux Thuilleries.

Et qui n'auroit pas cru que le Jardin du Roy

Ne fût malgré Phebus un azile pour moy ?

Sur ce flateur espoir j'avance dans l'allée ;

Que je crus la plus fraiche, & la plus reculée ;

Je voulois y rever tout le reste du jour ;

Mais à peine en ces lieux avois je fait un tour

Qu'un inconnu m'aborde, & d'une voix civile

Quoy Monsieur, me dit-il, vous estes inutile ?

Je ne puis ni le voir, ni vous le pardonner.

Mon dessein, repondis je, est de me promener.

Vôtre air, ajoûte-t'il, marque quelque tristesse.

Grace au Ciel, repliquai-je, aucun mal ne me
    presse.

Ah, poursuit-il soudain, avant que de sortir

Malgré vôtre chagrin je veux vous divertir.

Vous avez le goût bon, & j'ayme la critique.

Lisons cinq ou six chants d'un Poëme heroïque.

A ces terribles mots connoissant mon malheur

Je recule, je suë, & change de couleur.

Quoy vous avez des vers, luy dis-je, & vous en
    faites ?

J'ay l'honneur, repont-il, d'être au rang des
    Poëtes.

Alors sans m'amuser à de plus long propos,

Avec un froid salut je luy tourne le dos.

    Comte voilà le brave avec qui j'ay querelles

Elle sera sanglante, & peut-être immortelle.

D'un pareil ennemi je n'attens point de paix.

Un Autheur méprisé ne pardonne jamais.

DISCOURS IX.

 Imandre dont l'amour occupoit tout le
cœur,

Et toûjours plus inquiet, plus triste, & plus
reveur;

Ne pouvoit pas soufrir dans sa longue constance,

De l'ingrate Philis l'extrême indiference.

Mais l'enjoüé Licas le rencontrant un jour,

Comme il le vit pester contre le Dieu d'amour,

Il rit plus d'une fois de ses plaintes frivolles,

Et pour le divertir il luy dit ces paroles.

Si l'amour te tourmante, & te rend malheureux,

Quel plaisir trouves tu d'être encor amoureux?

Brûle, brûle du moins d'une flâme nouvelle.

Philis n'est pas pour toy, ni tu n'es pas pour
Elle.

Ne t'exposes donc pas à te faire blamer;

Il faut ou la fléchir, ou cesser de l'aymer.

Quoy, parmi tant d'objets capables de tendresse

N'oserois-tu choisir une aymable Maîtresse ?

Mille Amants inconnus qui ne te valent pas

Sans les aller chercher en trouvent sous leurs pas.

Davon même aussi Sot que sa naissance est basse

Tient parmi les Galants une Eminente place.

Voudras-tu tous les jours soûpirer vainement ?

Quiconque ayme sans fruit est un indigne Amant'

L'interest se deguise, & quoy qu'on vüeille dire

L'amour est un trafic que la Nature inspire :

Si le profit l'excite il doit l'accompagner ;

Qu'on donne ou qu'on reçoive il faut toûjour
    gagner.

Heureux est le Cousin de la maigre Delphine.

D'être aymé sans argent, sans merite, & sans
    mine,

Et plus heureux Damis dont l'amour indiscret

Trouve en un mari simple un confident secret.

Si ces facilitez devenoient à la mode

Qu'aymer seroit plaisant, agreable, commode :

Ces tourments tant chantez n'auroient rien que
    de Doux.

L'Amant fous même Toit vivroit avec l'Epoux.

On ne verroit jamais de fâcheufes affaires:

Ce feroit l'âge d'Or plein de Sots volontaires.

Mais bien que cet amour ne foit pas inconnu

Ce Temps fi defiré n'eft pas encor connu ;

L'Almanac le promet , & déja mainte chofe

Nous dit qu'on en eft proche , & que tout s'y
    difpofe.

Ne voit-on pas déja que chacun librement

Parle de fes amours, fe vante effrontement ?

Il n'eft plus parmi nous de flâme renfermée.

Tous les feux de l'amour ne vont plus fans fumée.

Un homme eft ridicule, & paffe pour un Fat

S'il cache fon ardeur, s'il ayme fans éclat.

Ce n'eft plus qu'en public qu'on cajole une Belle

Plus un Galant eft Fol plus il paroît Fidelle.

De telles dont le nom éclate dans Paris

On connoît les Amants, & non pas les Maris.

Croirons-nous qu'un faux pas porte tant de dom-
    mage ?

Sozine avant l'Hymen ne fut pas toûjours sage,

Et quel mal aprés tout ce faux pas luy caufa !

Un riche Partizan le fçût & l'époufa.

Aminthe ayme un Courtaud fans craindre le
    fcandale.

Life au pied de l'Autel querelle fa Rivale ;

Peut-être que le temps reformera fon cœur :

Pourquoy non fi Dorife a pû changer d'humeur ?

Oüy Dorife eft tout autre, & deformais fon ame

Ne prétend plus brûler que d'une fainte flâme.

Elle cherche fans ceffe au lieu de fe parer,

Ces Grifettes du temps qu'amour fait égarer.

Elle même d'abord malgré leur refiftance,

Les mêne avec efcorte en lieu de Penitence.

Par force elle voudroit les mettre en Paradis,

Et qu'aucune ne fut ce qu'elle étoit jadis.

On doit-loüer l'ardeur dont fon ame eft faifie

fi c'eft vertu fincere, & non hypocrifie :

Si fon cœur ne dement tous fes pieux propos.

Mais c'eft trop en parler qu'elle vive en répos.

  On trouve rarement des cœurs inacceffibles,

                  Et

Et graces à l'Amour: la plûfpart fon fenfibles.

De leurs égaremens doit-on être furpris :

Jeunes , vieux , laid ou beau , tout Amant eft de
prix.

Meliffe en a plufieurs , & même elle fe pique

De les nommer tout haut par lettres alphabeti-
que.

Cloris qui par fes foins les cherche avidement

Aimeroit cent fois mieux perdre un Fils qu'un
Amant ,

Et la vieille Doris plus folle , & plus hardie ,

Ne pouvant les payer humblement les mandie.

Ne crois pas qu'un Mary s'oppofe à ces excez ;

Les Maris d'aujourd'hui n'aiment point les procez ,

Et le jeune Alidor que tout le monde blâme,

Souffre toujours chez luy les Galans de fa femme.

Ira t'il la quitter pour punir fes Amours ?

Qu'en feroit-ce : il faudroit la reprendre en
trois jours,

Où fans ceffe effuyer outre fon infortune,

Des Tartuffes du temps la priere importune.

Le mal eft qu'aujourd'hui mille jeunes beautez,

E

Se proposent encor d'autres felicitez.

Quels que soient les doux traits dont on les
    voit blessées

Elles aiment le luxe, & sont interessées :

L'or attire leurs cœurs, & ravit leurs esprits.

Pour de telles beautez, je n'ay que du mé-
    pris.

J'estime les faveurs d'une aimable personne

Soit que je les dérobe, ou qu'elle me les donne:

L'honneur m'apprend alors d'agir de bonne foy;

Mais s'il faut les payer qu'on n'attende de
    moy

Ny reserve, ny soin, ny conduite secrete,

Ne peut-on pas parler de ce que l'on achete ?.

Vers de pareils objets ne porte point tes pas,

Et laisse les vieillir avec tous leurs appas.

Cherche une Belle enfin qui joigne à la jeu-
    nesse

La Constance & l'Amour, l'Esprit & la Sagesse;

Car malgré tant de cœurs dépoüillez des ver-
    tus,

Cent & cent aujourd'huy s'en trouve revêtus.

DISCOVRS X.

RACE à noſtre Grand Roy dont
la rare prudence

Soutient ſi hautement les ſaints
droits de la France,

Nos illuſtres Prélats font voir dans leurs emplois ,

Qu'ils ſont dignes du rang où les a mis ſon
choix.

Mais bien que ce MONARQUE en tout
inimitable ,

Iette toujours les yeux ſur un Sujet capa-
ble ,

Cent & cent Faux Abbez oſent bien ſe flater ,

D'obtenir ce haut Rang & de le meriter.

On en voit tous les jours dont la mine Hy-
pocrite ,

Maſque en vain leur orgueil , & leur freſle merite ,

Qui vivement preſſez par leurs ardens de-
    firs ;

Viſent à la fortune, & coarent aux plaiſirs.

Qu'une Mitre à leurs yeux à de beautez pour
    plaire ,

Un riche revenu leur feroit neceſſaire :

Je le crois , mais encor ſçavez-vous bien pour-
    quoy ?

Ce ne feroit jamais pour foutenir la Foy.

Ils voudroient à leur gré n'agir dans l'opu-
    lence :

Parêtre par l'éclat d'une groſſe dépenſe :

Negliger d'un Paſteur les vigilaus travaux :

Avoir Meutes , Laquais , Carroſſes & Che-
    vaux.

Les Apôtres n'avoient ny Chaiſe , ny Car-
    roſſe :

Un Bâton leur ſervoit de foutient , & de
    Croſſe.

Les liberalitez de nos premiers Chrétiens

N'étoient pas pour nourrir des Chevaux , ni
    des Chiens.

Mais laiſſons ces Abbez , & ne choquons per-
    fonne.

J'en vois de plus galans que la mode nous
   donne,

Qui d'eux - mêmes ravis s'abusent follement.

Rien n'est en eux reglé que leur deregle-
   ment.

Par leurs airs compassez par leur delicatesse,

On connoit que leur Ame est plaine de molesse.

Ils pensent qu'un Censeur n'oseroit les blamer,

Et qu'un petit collet à le don de charmer.

Lorsque l'amour se trouve à l'abry des Sou-
   tannes,

Il n'inspire jamais que sentimens prophanes,

Que desirs aveuglez, que plaisirs dangereux.

O qu'il les fait beau voir ces Abbez doucereux,

Donner dans le Phebus, & dans la bagatelle,

Et courir tout le jour de ruëlle en ruëlle !

Vous en usez POETE un peu trop librement :

Qui parle de l'amour n'est pas toujours Amant,

Dira l'Abbé TIRSIS l'Adonis de nos Da-
mes.

   Quoy ces Abbez vont là pour convertir les
    Ames,

Pour prêcher l'Evangile, ou decider un point?

Le pense qui voudra, moy je ne le croit
   point.

Un Sermon clandeſtin nuit, & fait tort ſans
   doute

Autant à qui le fait qu'à Celle qui l'écoute,

Et ſi j'en étois crû, ſauf des avis meilleurs,

Ces Gens ſans Miſſion iroient prêcher ailleurs.

   Pourquoy les décrier le beau Sexe les van-
    te ;

Leur converſation eſt toûjours ſi charman-
   te ;

Ils ont l'humeur ſi douce, ils ont l'eſprit ſi
   beau.

Ils ſont toûjours munis de quelque mot nouveau.

Ils font des Bouts-Rimez. Merveilleuſe
   ſçience !

Meritent-ils par là qu'on leur donne audience ;

Sur tout quand par l'effort de leurs foibles
talens.

Pour quelque antique Iris ils font des vers
galans.

Ils se piquent d'esprit & de galanterie,

Et riment dites-vous .. c'est une raillerie.

Est - ce de leur devoir de chercher les douceurs ?

Que l'amour decevant promet aux jeunes
cœurs ?

De l'Empire amoureux les sombres avenues

Doivent estre aux Abbez des routes inconnues.

Ie ne les blâme point d'écrire , & de rimer ;

Mais par cet endroit seul dois-je les estimer ?

La Prose ny les Vers ne font pas l'honnête
homme ,

Et vous qu'on voit marcher sous l'étendart de
Rome

Vous devez rejetter des caprices si vains ;

Laissez tous ces transports à de jeunes mon-
dains ;

On ne fait point d'Abbé pour encenser les

Belles,

Ny pour nous étourdir de cent chanſons nouvelles.

Si le deſir d'écrire eſt ſi preſſant en vous,

Ecrivez à deſſein de nous inſtruire tous.

Conformez vôtre Eſprit à l'eſprit de l'Egliſe :

Toute choſe en un mot ne vous eſt pas per-
miſe.

Un Abbé vertueux dòit aller tous les jours

Reformer le Public par de pieux diſcours.

   Mais je vois tant d'Abbez que le nombre
    m'étonne :

La France en eſt remplie , & Paris en foiſon-
ne.

Ce Nom , ce fameux Nom ſi reveré jadis ,

N'eſt plus qu'un Nom commun que l'on donne
    à vil prix.

Tout Courtaud à Soutanne impunément s'en
    pare ,

Et dans ſa folle audace il s'aveugle , il s'é-
gare.

Chacun oublie enfin ſon rang & ſon devoir :

Que l'on appelle Abbez ces hommes de ſçavoir,

Connus par leur Doctrine ou par leur eloquence ,

Ou ces Nobles Efprits qu'une heureufe Naif-
fance ,

Soutenue en tous lieux par mille qualitez ,

Efleve dans l'Eglife aux grandes dignitez :

Ou le dois , & je dis que c'eft un jufte hommage ;

Mais qu'un petit Curé forti de fon Village :

Qu'un jeune audacieux nouvellement connu :

Qu'un Pedant travefti fans fonds , fans revenu :

Portent le nom d'Abbé , c'eft un abus étrange :

Non je ne doute point que tout ne fe dérange :

On ne diftingue plus le premier du dernier ,

Et tel fe dit Abbé qu'il eft Fils d'un Meunier.

DISCOURS XI.

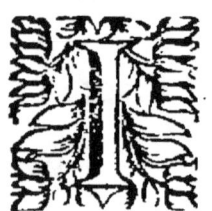'Admire cet Avare accablé de
Richeffes !

Il traite de vertus fes foins , &'
fes baffeffes ,

Et croit dans fes defirs qu'on ne peut mefu-
rer ,

Que l'Or eft le feul Dieu que l'on doit ado-
rer.

En eft - il plus contant ? Il eft fans le connêtre,

L'Efclave de cet Or dont il fe dit le Maitre.

Quoy , pour un Heritier que peut-être tu
hais ,

Dois - tu mourir de faim , & ne dormir jamais.

Te rendre l'ennemy de toute la nature :

Paffer pour un Perfide , un Voleur , un Par-
jure :

Devenir du public la fable, & l'entretien,

Et n'estre enfin ny Juif, ny More, ny Chrê-
tien.

C'est soumettre t'on ame à d'étranges maximes,

D'oser jusqu'à la Mort t'enrichir par des crimes.

Et bien que dois-je faire ? Est - ce que tu
pretens

Que je mange en trois mois le travail de
trente ans ?

Non, car je ne veux point qu'en fuyant
l'avarice,

Tu suive la fureur d'un autre infame vice.

D'un plus honteux deffaut S I M O N sera ta-
ché,

Si cessant d'être Avare il devient débauché.

Estime-t'on Crispin dont l'aveugle dépence

Fait éclater son luxe, & son extravagance ?

Pour avoir une table au goust de vingt Gour-
mans,

Il fait chercher des Mets dans tous les élemens :

Ce n'est que les plaisirs que ce Prodigue é-
coute,

Et c'eſt l'honneur, dit-il, qu'il ſuit par cette
route:

Comme ſi des excez dignes de nos mépris,

Avoient l'honneur pour guide, & la gloire
pour prix.

D'un caprice bizarre Amerinde eſt bleſſée.

Le jeu dépuis longtemps occupe ſa penſée,

Et ſelon que le ſort la favoriſe ou non,

Elle eſt plus ou moins folle, & plus ou moins
Demon :

La moindre perte enfin échauffe ſa cervelle.

Malheur à tout Mortel qui ſe trouve auprez
d'elle,

Et durant ce tranſport plein de fiel, & d'aigreur,

Tout juſqu'à ſes Enfans éprouve ſa fureur.

O que ſa prompte mort rendroit ſa fille heu-
reuſe.

Dieu garde tout Mary d'une Epouſe joüeuſe.

Que peut-il eſperer d'un Hymen ſi fatal ?

La perte de ſon bien n'eſt pas ſon plus grand
mal.

Mais Amerinde eſt chaſte. Etrange rêverie !

Quoy ? parce qu'une femme eſt ſans galanterie,

Doit

Doit-elle par caprice estre en toute saison,

L'horreur de ses Voisins, le fleau de sa maison ?

Faire enrager Portier, Laquais, Cocher, Suivante,

De tout ce que l'on fait n'estre jamais contente ?

Ah je luy permetrois si j'étois son Epoux,

A tout jeune Blondin de faire les yeux doux,

Pourveu qu'elle ne fut ny colere, ny vaine,

Et que son fier chagrin me donna moins de peine :

Je pourrois vivre en paix, & joüir de mon bien.

Belize répondra que tout cela n'est rien,

Pour estre honneste Femme il suffit selon elle,

Qu'un cœur ne brûle point d'une ardeur criminelle.

Les beautez de l'esprit sont des biens superflus.

La chasteté tient lieu de toutes les vertus.

Mais un vice plus grand dans le siecle où nous sommes

Donne le mouvement aux actions des Hommes.

Ouy, l'intereſt pretend dans ſes moindres excez ,

Eſtre Juge , Partie , & gagner ſon procez.

Il veut en tout combat remporter la victoire.

Qu'à ſes lâches projets on oppoſe la gloire ,

Il ne la connoit point , c'eſt inutilement.

   Croyez-vous eſtre aimé de cet objet charmant ?

Si vous n'en doutez pas que voſtre erreur eſt
grande ?

Entre-t'on dans un cœur où l'intereſt commande ?

Cet objet qui paroiſt ſoupirer nuit & jour ,

Compte ſur vos écus plus que ſur voſtre A-
mour.

Dez que vos riches dons n'attiſent plus ſa flâme ,

Tout eſt fade à ſes yeux , tout eſt froid en ſon
ame.

   Cet amy pour le moins m'aime ſans intereſt ?

Il paroiſt voſtre amy je ne ſçay pas s'il l'eſt.

Quand il vous rend des ſoins ſon cœur lui fait
entendre

Qu'il ne vous donne rien que vous ne puiſſiez
rendre ,

Et si vous êtiez pauvre, ou sans aucun appuy,

Vous chercheriez en vain quelque tendresse
  en luy.

Plus on me considere, & plus on me respecte.

Plus des gens empressez l'amitié m'est suspecte:

Ne nous amusons point à tous ce qu'on nous
  dit,

Tous ce fait à dessein, tout se met à profit.

Nous approchons les Grands, & tâchons de
  leur plaire,

Pour le bien qu'ils nous font ou qu'ils nous
  peuvent faire,

Et les Grands quelquefois nous flattent à leur
  tour

Pour se servir de nous, ou pour grossir leur
  Cour.

Avant que l'interest inventat le partage

On voyoit des amis de tout rang, de tout
  âge.

Mais on ne trouve plus un si rare thresor,

Et l'amitié finit avec le siécle d'or.

Ce qui nous reste d'elle, & dont chacun nous
  berce,

N'est qu'un Nom qui ne sert que pour un froid
  commerce.

G ij

Il n'a rien de folide, & le premier malheur

L'étouffe dans la bouche, & l'éfface du cœur.

Qui caufe ce defordre, & cette honte extrême?

L'intereft qui veut tout, & fait tout pour foy-
même.

Mais laiffons l'intereft la fource de nos maux.

Pour mieux nous corriger fongeons à nos défauts.

Ils nous fuivent par tout, & noftre negligence

Leur donne plus d'éclat, & plus de violence.

Nous trouvons au befoin mille fubtilitez

Pour foûtenir un vice ou nous fommes portez,

Et temerairement en excufant le noftre,

Nous faifons fans delay le procez à tout autre.

L'amour propre nous flatte, & nous aveugle
tous.

Ah! que les yeux d'autruy jugent bien mieux
de nous?

Que fert mal-à-propos de nous vanter fans ceffe;

Chacun nous examine, & voit noftre foibleffe,

Et tout eft fi connus que l'on fçait que Damis

Veut toûjours imiter fes ayeuls circoncis.

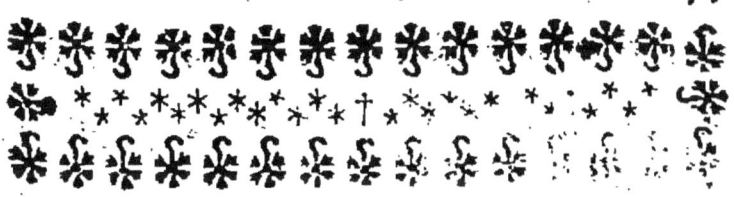

DISCOURS XII.

 A M O N dois-je appeller ou bon-
heur ou malheur

D'avoir esté conduit chez ce fameux Soufleur,

Digne de son sçavoir, & de sa renommée

Par sa petite taille, & sa barbe enfumée ?

Pour avoir le plaisir de l'entendre un moment

Je composay mon air assez heureusement,

En effet il me prit sur ce peu d'apparence,

Pour un predestiné dans la haute science,

Et me faisant marcher sur un tas de vaisseaux

Il me meine à pas lents où sont tous ses fourneaux.

Là je ne vois que feux, que cendres disper-
sées,

Que mille saletez avec soin amassées.

Tout paroit à mes yeux effroyable & nouveau,

Une puante odeur penetroit mon cerveau.

G iij

Il preparoit je crois quelque matiere étrange,

On faisoit pour le moins distiller de la fan-
ge.

Me croyant donc sçavant autant que curieux

D'un ton de maistre és arts, & d'un grand
serieux,

C'est icy, me dit-il, ce beau laboratoire

Où la Docte Chimie est comme dans sa gloire

Voila mon Athanor, & j'ose me vanter

Que jusques à present on n'a sçû l'imiter.

Tous ces fourneaux divers ont chacun leur
usage.

Là je fais des Metaux le subtil assemblage.

Icy je puis tirer nets de leurs excremens,

Les principes des corps, & les quatre élemens,

Celuy-la qui paroist d'une antique structure,

N'est que pour ouvrir l'or, & fixer le mercure,

Les autres sont enfin propres à distiller,

Sublimer, cohober, calciner, circuler :

L'artiste ingenieux s'en sert en cent manieres,

Et prepare à loisir ses diverses matieres.

Aprés m'avoir montré tous fes apparte-
ments

Noftre foufleux docile entre en raifonuements.

Ma fcience, dit-il, n'eft pas fi peu de chofe;

On y fait des progrez plus qu'on ne fe pro-
pofe :

Quoyque de ce labeur je puiffe me paffer

Depuis vingt ans j'agit fans jamais me laffer :

Je ne dors prefque point,& jou. & nuit je fue.

Je crois , luy dis-je enfin , qu'heureufe en eft
l'iffue :

Qu'on y trouve un grand charme, & des plaifirs bien doux.

Mais à la fin Monfieur quel fruit en aurez-
vous ?

Cette pierre admirable , & cette œuvre divine

Qu'à fes Elus, dit-il, le jufte Ciel deftine ,

Cette poudre, ou plutoft cet Elixir beni

Qui peut multiplier iufques à l'infini :

Car à qui le poffede il n'eft pas difficile

De faire de dix cent , & de mille , cent mille :

Un Artiste grossier qui travaille au hazard,

Ignore la nature, & s'abuse en son art.

Il ne sçait pas qu'elle est une mere commune,

Par tout simple & fertile, & par tout toûjours
    une.

Il faut avoir en main ce mercure animé

Que l'art à rendu pur, & n'a jamais formé :

Le mesler à son souffre ou la chaleur do-
    mine.

L'une & l'autre substance ont la même raci-
    ne ,

Et lors qu'on les conjoint , sçachez que sans
    efforts

Le corps est fait esprit & l'esprit est fait corps.

Ce qu'on ne voyoit point est rendu mani-
    feste.

Il ne m'est pas permis de vous dire le reste.

Travaillez , esperez , vous en viendrez à
    bout,

Et l'azot & le feu vous suffisent en tout,

Voila , repond-je alors , voila de grands
    mysteres ;

Mais qui peut dechiffrer ces doctes caracteres?

Ceux qui font, reprend-il, les enfans du fça-
    voir,

Et qui par leurs travaux ont acquis ce pou-
    voir.

Qu'on eft content mon Fils, lors que l'on
    peut connoître

Cét efprit qui dans tout fe trouve fans paroî-
    tre,

Efprit univerfel, digne prefent des cieux,

Qu'une terre envelope, & derobe à nos yeux.

Ne croyez pourtant pas qu'un homme en foit
    capable

S'il n'eft fincere, exaét, fimple, humble, chari-
    table :

S'il ne revere enfin les loix, & les autels.

Le grand œuvre n'eft point pour de lâches
    mortels :

Quelque fçavant qu'on foit, avec peine on le
    treuve,

Le ciel par des longueurs nous inftruit, nous
    épreuve,

Et n'accordent jamais ce prefent à nos cœurs

Qu'à des conditions pefantes aux pecheurs,

Il ne veut point des gens que le luxe corrompe.

Souffrez , Iuy dis-ie encor , que je vous inter-
rompe ,

Et que j'apprenne ... quoy ? si ce rare thresor
Rempliroit vos desirs ? Dieu le sçait, mais encor ?

Ouy dit-il je pourrois par une ardeur sincere,

Accomplir mille vœux que i'ay cru devoir
faire.

On me verroit fonder de riches hôpitaux ,

Et l'or dans mes creusets se formant à quin-
taux ,

Ie donnerois d'abord une sensible marque

D'un amour genereux à nostre grand Monarque.

Fournissant sans relâche à ses exploits guerriers

Ma main ne songeroit qu'à dorer ses lauriers.

A le servir par tout ma poudre seroit prête ,

Et l'Empire Ottoman deviendroit sa Conquête.

Vous voyez mon Enfant qu'il ne tient pas à
moy

Que mes projets feconds n'enrichissent le
Roy.

Ah! si ce que je cherche à mes yeux se decou-
vre

Des Flots d'or, & d'argent vont roüler dans
le Louvre.

A changer tout en or mon cœur est engagé,

Et le Cheval de bronze en Or sera changé.

Quoique le Roy, repris-je, ayt de Tas de pistoles

Il vous est obligé de ses riches paroles.

Nous n'aurons desormais ny malades, ny
gueux.

Vous rendrez par vos dons tous les Moines
heureux

Toutefois vostre pierre est toûjours invisible.

Quoy, dit-il, doutez-vous qu'elle ne soit
possible ?

Ouy j'en doute. Osez-vous dementir le bon
sens,

Poursuit-il, & choquer nos antiques Sçavants ?

Que deviendrons Hermés, Gebers, Rasis,
Homere,

Raymond Lulle, Rosin, Trevizan, & Ze-
caire,

Que Dieu par pure grace a comblé de faveurs ?

Et, lui dis-je, laiffez tous ces Doctes Rê-
   veurs ;

J'aurois fur ce fuiet mille chofes à dire.

Peut être ces grands Clercs ont ils pretendu rire ;

Ou trompez par quelqu'un pour s'en vanger
   un jour ,

Il nous ont par écrit trompez à nôtre tour.

Un Sage , direz-vous , fupporte fes difgraces,

Et ne commet jamais des actions fi baffes.

Ie le veux , mais du moins vos écrivains obf-
   curs

N'ont rien fait pour leurs temps , ny pour les
   temps futurs.

Qui pourroit demefler leur routes inconnues ?

Déz que j'y mets le nez , je me perds dans les
   nues.

C'eft que vous n'avez pas replique-t'il d'a-
   bord ,

Ny le cœur affez pur , ny l'efprit affez fort.

Le Sage feul , le Sage en a l'intelligence

Et peut feul admirer leur rare fuffifance.

Il eft vray , dis-je enfin , je fuis mal preparé.

   Mon

Mon cœur chancelle encor, & n'est pas épuré,

Mais quand je l'aurois même aussi net que le
vôtre,

Croiray-je que le Ciel me prefere à tout autre,

Et que pour le plaisir d'un petit compagnon

L'or naisse en moins de temps qu'un simple
champignon ?

Combien de gens atteints de ces folles foiblesses,

Ont-ils dans leurs fourneaux consumé leur ri-
chesses ?

Seduits par l'entretien d'un adroit suborneur

Ils font évaporer leurs biens, & leurs honneur.

Leur exemple est à craindre, & me doit faire
sage.

Ils ce sont abimez dez leur aprentissage.

Dans l'espoir que le Ciel leur departe un tel
don,

Ils mettent follement tout leur or en char-
bon !

Puis pour chercher leur pain ils n'ont point
d'autre voye

H

Que le chemin gliffant de la fauffe monnoye,

Et qu'en arrive-t'il ? qu'ils font le plus fouvent

L'ornement d'un gibet, & le joüet du vent.

Je ne dis point cela , Monfieur pour vous dé-
plaire ;

Mais vôtre Art m'eft fufpet, & n'eft pas mon
affaire.

Allez, prophane allez, me dit-il, en couroux,

Cét Art rare & divin n'a pas befoin de vous.

Vivez dans vos erreurs, & rampez fur la terre;

Mais craignez fur vos pas d'attirer le ton-
nerre.

Si je daignois parler vous en feriez confus.

Et de grace . . . fortez & ne me voyez plus,

Vous ne meritez pas que le Ciel vous infpire...

Puifque vous le voulez Adieu , je me retire.

DISCOVRS XIII.

 O N loin des nouveaux Murs d'une antique Cité,

Celebre par son port , par sa fide-
lité ,

Où Iadis pour puiser l'amour de la sagesse,

Se rendoient à l'envi l'Italie & la Grece ,

Daphnis sur un gazon dormoit profondement:

Quand Calioppe vient l'éveiller doucement,

Et voulant exciter sa veine , & son courage,

Elle se fait connoître, & luy tint ce langage.

C'est trop, c'est trop dormir Daphnis écou-
te-moy.

N'ose tu celebrer la gloire de ton Roy ?

Ne seras-tu jamais qu'un rimeur inutile,

Et n'auras-tu pour luy qu'une veine sterile ?

Ah, laisse pour toujours ces vains amusemens,

H ij

Dont tu fus occupé durant tes jeunes ans.

Pour chanter ce grand Roy chacun prend la
Trompette.

Point de plume en repos , point de langue
muete.

Son nom a fait du bruit en cent climats divers.

Il est le seul Heros dont parle l'Vnivers.

Toute la terre enfin de sa gloire est charmée,

Et par tout pour luy seul volle la renommée.

Quels peuples desormais ne seront ébloüis

A l'éclat des vertus qui brillent en LOUIS ?

Où pourroit - on trouver un Monarque plus
juste ,

Plus heureux, plus vaillans, plus grand, &
plus auguste,

Et quel siecle a produit parmi les potentats ,

Vn Roy qui sçeut mieux l'art de regir ses
états ?

De ce prince éclairé les choix sont admirables.

On voit ses Generaux , vaillans, & redouta-
bles.

Ses ministres actifs , exacts , laborieux :

Ses prelats vigilants, sçavants, zelez, pieux,

Par son autorité les Loix sont retablies ;

Les vices reprimez, les vertus annoblies,

Les excez condannez, les abus avilis,

Les funestes duels à jamais abolis,

Les beaux Arts florissans, les sciences fer-
tiles,

Les spectacles pompeux, les delices tranquilles,

Et par sa Pieté, sa Puissance, & ses Loix,

L'heresie est rampante, & reduite aux abois.

LOUIS sçait proteger ses Alliez fidelles :

Conserver vaillamment ses Conquêtes nouvelles :

Penetrer les secrets de ses fiers Ennemis :

Rendre leger le joug de ceux qu'il a soûmis :

Ranger dans une exacte, & prompte obeïs-
sance,

Le soldat autrefois nourri dans la licence,

Et toujours preferer tout Maistre & Roy qu'il
est,

L'interest du Public à son propre interest.

Je ne te décris point les Palais magnifiques,

Les superbes jardins, les places, les porti-
 ques,

Les Forts & les Citez, les Ports & les Ca-
 naux;

La jonction des Mers, & cent autres travaux

Qu'à fait paroître au jour sa Royale dépense,

Monuments éternels de sa magnificence,

Ce sont-là de L O U I S les jeux, & les plaisirs.

Les seuls travaux de Mars remplissent ses desirs.

C'est pour Bellonne enfin, que son grand cœur
 soupire :

Ce Heros fait trembler & l'Espagne, & l'Empire,

Il prévient leurs desseins, & malgré leurs efforts,

Il emporte à leurs yeux des Villes, & des forts,

Que dis-je, il a conquis des Provinces en-
 tieres,

Et par de-là le Rhin avancé ses Frontieres.

Ce fleuve si fameux par sa rapidité,

Qu'autrefois Cesar même à peine avoit dom-
 pté,

Retranché dans ses bords que sa fureur inon-
 de,

Oppofoit à ton Roy fes ramparts, & fon onde,

Mais il cede à la fin, pour ces coups inoüis,

Tu vois bien qu'il faut être ou Cefar, ou
  L O U I S:

L'un & l'autre ont tenté ce dangereux paffage:

Cefar conftruit un pont, L O U I S paffe à la
  nage:

Cent fois dans les affauts, cent fois dans les
  combats,

Son augufte prefence animoit les Soldats,

Sa valeur leur fervoit & d'exemple, & de
  guide:

Il ne refufoit rien à fon cœur intrepide.

Ne l'avons nous pas veu dans les Champs é-
  trangers,

Affronter les faifons, & braver les dangers,

Franchir en Conquerant cent Routes diffi-
  ciles,

Traverfer bois & monts, prendre en un jour
  les Villes,

Forcer fes Ennemis par fes fameux progrez,

D'aller cacher leur honte au fond de leurs
  Marais,

Et d'un rapide vol entraînant la victoire,

Rendre le Monde entier amoureux de sa gloire?

Mais de tant de hauts faits la force, & la
splendeur

Reçoivent plus d'éclat de sa propre grandeur,

Et LOUIS sçait toûjours dans sa puissance extreme,

Vaincre ses Ennemis, & se vaincre luy-même.

Ne t'étonne donc pas si tant de Nations

Exaltent jusqu'au Ciel toutes ses actions,

Ses équitables loix, sa prudence Heroïque.

Combien d'Ambassadeurs & d'Asie, & d'Af-
frique,

Luy viennent-ils offrir l'amitié de leurs Rois?

Combien de Potentats au bruit de ses exploits,

Instruits de sa valeur qu'on voit avec envie,

Tâchent-ils d'imiter une si belle vie?

   Mais malheur à quiconque ose irriter son
bras.

Sa foudre tost ou tard tombe sur les Ingrats.

Le terrible appareil de ses tonnantes Armes

Donne à ses ennemis de mortelles allarmes :

Quelque fermé qu'on foit l'on tremble, l'on
   fremit,

Mille globes de feu que le bronze vomit

S'élevent dans les airs & leur cheute effroyable,

Jufqu'au fond des palais va chercher le coupa-
   ble ;

Alger a vû l'effet de fon jufte courroux,

Et Gennes la fuperbe a reffenti fes coups.

   Si Rome dont l'éclat égalle la puiffance,

En fon Ambaffadeur publiquement l'offence,

Elle trouve d'abord un Monaique puiffant,

Et fonge à détourner l'orage menaffant.

Rome dans fa conduite, & reglée, & folide,

Marque fon repentir par une piramide ;

Mais LOUIS toûjours Grand en foûtenant
   fes Droits,

Ordonne qu'on l'abatte, & triomphe deux fois :

A cette double gloire il borne la vangeance,

Effet de fon pouvoir, effet de fa clémence.

   Qu'on chaffe indignement par des noirs at-
   tentats,

Vn legitime Roy de ſes propres Etats :

Qu'un Gendre ambitieux Authear d'un ſi grand
crime ,

Animé de fureur le pourſuive , l'opprime :

Ce prompt vangeur des Rois , cét ardent Protecteur ;

Va declarer la guerre au fier Uſurpateur.

Sa liberale main paroit toujours ouverte.

D'une foreſt de Maſts on voit l'onde couverte.

Avec tant de valeur de force , & de vertus ,
L O U I S peut relever des Thrônes abattus.

En vain pour le Tiran la jalouſe Allema-
gne ,

L'audacieux Batave, & l'orgueilleuſe Eſpagne

Font paroître à l'envi des Bataillons nom-
breux ,

Et de leurs eſcadrons couvrent les champs pou-
dreux :

En vain contre L O U I S tout s'arme , tout
s'aſſemble ,

Ce grand Roy brave ſeul toute l'Europe en-
ſemble.

Rien n'arrête ſon bras rien n'ébranle ſon cœur

Mille & mille guerriers secondent ce vainqueur.

Il a des Ponts, des Forts, des Villes imprenables,

Sur l'une & l'autre mer des flotes formidables,

Et ses ordres reglant tous ces differents corps

En font mouvoir par tout les differents ressorts.

Que ces Princes liguez, pleins d'Ire & d'arrogance

Se flattent dans le cœur d'abatre sa puissance,

Malgré leur union, & leurs vastes souhaits,

Ils vont être reduits à demander la paix :

Heureux si ce grand Roy l'arbitre de la guerre

Consent à faire encor ce present à la terre.

Ne crois pas que jamais la gloire & le repos

Abandonne d'un pas ce genereux Heros :

Ne croit pas que jamais le poids du diadême

Le rende un seul moment different de luy-même.

Il est dans une juste & sage égalité,

Toujours même valeur & même fermeté,

Toujours, toujours exempt de toutes les foiblesses ;

Jaloux de son honneur, fidelle en ses pro-
messes,

Solide en ses pensées, sincere en ses discours,

Bien qu'au dessus des Loix, s'y soumettant toujours,

Moderant cet éclat que la Royauté donne :

Faisant du bien à tous, ne rebutant personne,

Indulgent, doux, pieux, possedant à la fois,

Tous les rares talens qu'on desire aux grands
Roys.

Voila quel est L O U I S. Ah tout te fait connêtre

Que la felicité regne sous un tel maître,

Et qu'on seroit heureux dans le Monde aujourd huy,

Si le Monde n'avoit d'autre maître que luy.

CHAN

LE POETE
SINCERE.
POEME HEROI-COMIQUE.

CHANT I.

E Chante ce Rimeur l'effroy du
Mont Parnasse,

Dont la france indignée a condan-
né l'audace :

Qui trop long-temps armé de ses traits im-
posteurs

A déclaré la guerre aux plus fameux Autheurs ;

Luy qui dans un poëme & sans force, & sans
forme,

Fit paroître en public une *Machine énorme* :

I

Lay , dis-je enfin qui croit par une vifion,

Avoir fait d'un *Pupitre un fecond Ilion.*

   Mufes , dont le fecours eft toujours ne-
      ceflaire.

A quiconque ofe écrire , & cherche l'art de
     plaire,

J'implore ce fecours , daignez me le prêter :

Aidé de vos faveurs rien ne peut m'arrêter.

Que d'un air enjoüé , que d'un pinceau bru-
     lefque

Ie peigne d'un cenfeur le triomphe grotefque :

Animez mon courage, & redoublez ma voix ,

Lutrigot va paroître une feconde fois.

Et toi , dont le fçavoir, la gloire , & la naif-
     fance

Charment par leur éclat l'Italie, & la France :

Qui peut quand-il te plait dans le facré val-
     lon ,

Aux neuf favantes fœurs tenir lieu d'Apollon:

Regarde de bon œil des rives de Permeffe

Ce que je te prefente , & foûtiens ma foi-
     bleffe ;

De peur de trop oser, & de m'en repentir

Je ne veux que te plaire, & que te divertir.

   Pendant que l'Helicon par de charmantes festes

Celebroit de LOUIS les nouvelles conquêtes,

Que tout étoit tranquille, Apollon, & ses sœurs

S'entretenoient ensemble, & parloient des Autheurs.

Des uns la lire plait, des autres la trompete,

Chaque Muse à l'envi loüoit quelque poëte,

Par Terpsicore enfin Lutrigot fut vanté.

   Quel Autheur, disoit elle, à plus d'habilité,

Et qui sçait mieux parler, ou qui peut mieux écrire ?

Je sçay, répond le Dieu, qu'il sçait mordre & medire.

Cependant, dit la Muse, en ce vaste Univers

Luy seul enseigne l'art de bien tourner un vers :

Soit pour faire éclater le pompeux Dragmatique,

Ou pour charmer l'esprit dans un poëme Epique,

Vous vantez, dit le Dieu, ce satirique Autheur

Comme si du poëme il étoit l'Inventeur ;

Il volle effrontement les dogmes qu'il entasse,

Tout est de Sçaliger, & du celebre Horace.

Pourquoy, s'il est sçavant ne le pas témoigner

En pratiquant cét art qu'il pretend enseigner ?

Mais on voit que ses vers dementent ses maximes.

A-t'il sur les Autheurs quelques droits legiti-
mes ?

Il ne donne ses soins, il ne fait des efforts

Qu'à noircir les vivants, qu'à dechirer les
morts ;

Lutrigot n'est connu que par ses medisances.

N'a-t'il pas osé dire en ses extravagances,

Qu'aprés avoir joüé tant d'autheurs differents

Phebus même auroit peur s'il entroit sur les
rangs.

Croit-il dans sa manie usurper mon Empire ?

Conseillez-luy ma sœur de quitter la satire.

S'il n'a point aujourd'huy de plus noble Talent

Il ne fera iamais qu'un Autheur infolent.

Ne croyez donc pas faire en defendant fa
    caufe,

D'un Rimeur un Poëte, & de rien quelque
    chofe.

A ces mots méprifants Terpficore rougit,

Et fent naître en fon cœur un violent dépit.

Quel que foit Lutrigot elle en aime le zele :

Lutrigot dans fes vers n'invoquoit jamais
    qu'elle ;

Mais elle fe retire, & va dans fon chagrin

Confulter à l'inftant le livre du deftin.

Dans ce Livre facré que l'olimpe revere,

Ecrit d'un immuable, & brillant caractere,

L'avenir eft fans voile, il s'y découvre aux
    yeux,

Et l'on y voit le fort des hommes & des
    Dieux

Là Terpficore aprit que d'un effort extrême

Lutrigot en fix chants enfentoit un poëme.

Ah c'eft affez dit - elle & de fes beaux écrits

Cet autheur renommé doit *recevoir le prix.*

Ma crainte eft diffipée, & je fuis fatisfaite.

Lutrigot a deja tout ce que je fouhaite.

Ce poëme qu'il cache, & qu'il vient de finir,

Va le rendre celebre aux fiecles à venir.

Pour chercher cét autheur, le furprendre, &
luy plaire,

La Mufe fe deguife en *Nanon l'Horlogere,*

L'époufe de *la Tour,* Heros à tout tenter,

Heros que Lutrigot devoit bien-toft chanter;

Nanon étoit alors d'une beauté divine.

Terpficore en prend donc & la taille, & la
mine,

Seme fur un Tein frais les rofes, & les lis,

Et puis fur une nuë elle volle à Paris.

* Une maifon étroite & dont l'Architecture

Semble choquer en tout & l'art, & la Nature,

Et qui paroift de loin plus haute qu'une
Tour

Eftoit de Lutrigot l'ordinaire fejour.

* Il a fait batir une maifon toute fingulière

Terpſicore s'y rend, de mille attraiſt pour-
  veuë,

Et dans un Cabinet entre ſans être veuë.

C'eſt dans ce beau reduit qu'on trouve cét
  Autheur

Icy peint en Guerrier , & là peint en Docteur :

Enfin de tous côtez ce Heros en peinture

De tout ce qui n'eſt pas emprunte la figure.

C'eſt ainſi que l'on voit en tableaux differents

Ce Chef Malencontreux * des Chevaliers
  errants ,

Qui par une vaillance en viſions feconde ,

Arreſte les Paſſans & fait rire le Monde.

  Cependant Lutrigot aſſis aux bons Enfants †

Eſt au bout d'une Table & profite du temps.

Là ſans craindre d'y voir ſes delices trou-
  blées ,

Il porte aux Conviez des ſantez redoublées ,

  * Dom Quichote.
  † Fameux Cabaret de Paris

Et d'abord que le jour a fait place à la nuit,

Il compte & part enfin sans lumiere & sans
bruit.

Mais comment exprimer qu'elle fut sa surprise

Quand dans son Cabinet il voit la Muse as-
fise ?

Il l'a prend pour Nanon , & toujours dans
l'erreur

Il luy dit brusquement , d'où me vient ce
bonheur !

M'apportez-vous ma Montre , enfin que dois-
je croire ?

Ie fuis icy , dit-elle , & c'est pour vôtre
gloire.

Ne la negligez point vous pouvez l'augmenter ;

Mais pour y réüssir cessez de vous flater.

C'est choquer le bon sens , quand dans une
Satire ,

Vostre plume l'emporte , & ne fait que medire.

Rendez donc aujourd'huy vos ennemis confus :

Donnez vostre Poëme , & ne differez plus ;

Il est temps de fournir l'heroïque carriere.

Alors elle se change en un corps de lumiere,

Et fend soudain les Airs sans daigner l'é-
couter.

L'Autheur la suit des yeux, & voudroit l'arrêter.

Tel un jeune Ecolier fait un effort frivole,

Lorsque sa main veut prendre un Papillon qui
vole,

Quand il croit l'attraper l'Insecte fuit au
champs,

Et l'Enfant tout honteux, regarde & perd le
Temps.

Qu'ay-je fait.... allois-je, ... je ... ...
connoître

Cette Fille du Ciel que je vois disparoître ?

Ah, tant que ses beautez ont honoré ces
lieux

Mon ame estoit aveugle aussi-bien que mes
yeux.

Mais aprez cet honneur dois-je douter encore

Des bontez qu'à pour moy l'aimable Terpsicore ?

Ie la connois, c'eft elle, & c'eft des doctes
    fœurs.

La feule qui toûjours me comble de faveurs.

Ouy , mon fçavoir la charme & ma vertu
    l'excite

A faire dans le Monde éclater mon merite.

Il faut que mon efprit ay de certains appas

Que Paris ne fçait point que la Cour ne voit
    pas.

Ie le s'en à ce feu qui m'échauffe, m'anime ,

Et fait que mon ardeur court & vôlle au
    Sublime.

Paroiffez * grands autheurs tant en penfee
    qu'en vers,

Et tout ce que de Docte a produit l'Univers.

Uniffez vos efforts , faites une Armée,

Mon ame deformais ne peut être allarmée ,

Le poids de vos écrits ne fçauroit m'acca-
    bler,

Et ma plume eft en droit de vous faire trem-
    bler.

* *Imitation du Cid.*

Ainsi le Capitan par uue folle audace,

Loin de l'occasion parle, brave, menace.

Il veut seul terrasser mille & mille Ennemis;

Mais dez qu'il en voit un il tremble, il est soumis,

Il sent dans un instant refroidir son courage,

Et change tout d'un coup de ton & de visage.

CHANT II.

A Lune se hâtoit pour achever
    son tour,

Et sembloit vouloir fuir la lumie-
    re du jour :

Chacun par le sommeil, ou par la solitude,

Suspendoit ou ses soins, ou son inquietude,

Sans que l'heureux Autheur songe à se mettre
    au lit,

Ni qu'il goute un repos dont tout Paris joüit.

Comme en vastes projets ce bel esprit abonde

Il veut que son nom volle aux quatre coins du
    Monde.

Déja sur l'Hélicon il croit faire des loix :

Il croit agir en maître, & regler les emplois,

Et que tous les lauriers que le Parnasse don-
    ne,

Ne suffiront qu'à peine à former sa couronne.

Son

Son bonheur est trop grand pour en faire un
    secret ;

Connoissant donc Colin pour un valet discret,

Colin, qui jour & nuit ne songe qu'à luy
    plaire,

De ses beaux sentiments le cher depositaire,

Qui par ses bons conseils se faisoit estimer,

Et qui pour recompense aprenoit à rimer ;

Il l'apelle, & soudain ce valet se presente.

    Aprends que mon bon - heur surpasse mon
    attente,

Luy dit le Docte Maître, & qu'un destin heu-
    reux —

Veut que le Ciel m'exauce, & previenne mes
    vœux.

Je viens d'en recevoir des marques authen-
    tiques.

Alors il luy raconte en termes emphatiques

Tout ce que Terpsicore entreprenoit pour luy.

Pense-tu, luy dit-il, que ce soit d'aujour-
    d'huy

Que mon genie est cher à cette Muse aima-
    ble :

Dépuis que je compofe elle m'eft favorable.

Terpficore m'eftime, & voit ce que je vaux.

Son cœur veut partager & mes biens , & mes
maux ,

Et s'il falloit pour moy troubler toute la
terre

Elle même en tous lieux allumeroit la guerre.

Ah luy repart Colin, dites que fon ardeur

Eft le preffant effet de l'amour de fon cœur.

Croyez-vous que ce foit une chofe nouvelle ?

On voit plus d'un mortel aimé d'une immortelle.

En cette occafion vous devez tout ofer.

Pour l'honneur des autheurs fongez à l'é-
poufer.

Si cette Illuftre Mufe étoit un jour feconde

Ne donneriez - vous pas des demi Dieux au
monde ?

Le moindre Lutrigot inftruiroit l'Vnivers ,

Et dez le berceau même il parleroit en vers.

Je ne te croiray point le fier Autheur replique ?

Ce n'est pas d'être aimé que Lutrigot se pique :

Ie sçay qu'en cas d'amour je fus toûjours un
fat

Ie pretends à jamais garder le celibat.

Mais pour braver himen, & ses facheux desa-
stres ;

Ie veux prendre mon vol vers le sejours des
astres.

Mes ouvrages divers qu'on admire en tous
lieux ,

A m'y placer bientost obligeront les Dieux ,

Et brillant vers l'artique, ou bien vers l'antar-
tique ,

Ie me feray nommer L'ASTRE LUTRIGOTIQUE.

Sous mon benin aspect les rimeurs feront voir,

Et leur fertile veine, & leur profond sçavoir:

Leur nom sera celebre heureuses les naissances

Qui pourront recevoir mes douces influen-
ces ;

Et plus heureux encore tous les sçavants mortels

Dont l'encens fumera sur mes divins autels.

Colin eft tout ravi d'entendre ces merveilles :

Il oavre avidemment les yeux & les oreilles :

Il croit voir Lutrigot brillant , & radieux,

Sur un pivot ardent tourner avec les Cieux.

Se flatant d'avoir part en fa bonne fortune

Il fe croit par avance Empereur dans la lune :

Sur un fi riche efpoir il forme cent projets,

Et compte mille autheurs au rang de fes fuiets.

Aprés plufieurs difcours le grand Autheur fe
couche ,

Et toujours enyvré du plaifir qui le touche

Il basilie , il s'affoupit , mais à peine fes
yeux

Goutent le doux repos d'un fommeil gracieux ,

Que ce Dieu qui de rien forme à fon gré les
fonges ,

Vient flater cet Authour par d'aimables men-
fonges.

Il luy fait voir le Ciel preft à le couronner,

Les immortels lauriers qu'il devoit moiffon-
ner ,

Le triomphe fameux que le Ciel luy deftine,

Les débris éclatans d'une *Vaste Machine*,

Ses travaux inoüis noblement achevez,

Des Monumens pompeux à sa gloire élevez,

Des Autheurs supliants que sa verve menace,

Et le Siecle à genoux qui luy demande grace.

    La Muse cependant par le vague des airs

Traversant à la hâte & la terre, & les mers,

Va rejoindre ses sœurs, mais son humeur
chagrine

Paroit encor aux yeux de la troupe divine.

    Ma sœur, luy dit Clio, quel trouble quel
courroux

Occupe vostre esprit de qui vous plaignez
vous ?

Je me plains d'Apollon luy repart Terpsicore

Méprifer un Autheur dont la plume m'ho-
nore.

Faut-il que par ce Dieu Lutrigot soit blâmé,

Lutrigot dont jadis le Public fut charmé ?

Tel qui ne le vaut pas brille sur le parnasse,

Et souvent Apollon fait des Autheurs de grace.

Ie ſçay que Lutrigot durant ſes jeunes ans

Fut par ces noirs écrits le Chef des Médi-
ſans :

Qu'il crut mal à propos ſe rendre formidable;

Mais des plus hauts deſſeins ſon genie eſt ca-
pable.

N'a - t'il pas fait des Vers dignes de noſtre
aveu ?

N'a-t'il pas de l'eſprit , du brillant , & du
feu,

Et ſi ſon jugement repond à ſa memoire

Ne peut-il pas un jour acquerir plus de gloire?

Ce jour heureux viendra je ne veux point
celer

Que pour le prevenir je viens de luy parler ,

Aux honneurs ſes plus grands le deſtin le reſerve ,

Et je ſuis ſeure enfin que ſa diſcrette verve,

Sans s'amuſer encore à parler mal d'autrui ,

Fera voir des écrits qui ſeront tout de luy.

Je n'ay pour Lutrigot ni colere ni haine

Mais j'en fais peu de cas luy repond Melpomene.

Il n'a qu'un faux brillant & qu'un *Genie étroit;*

Son ſtile pour une ode & trop foible, & trop
    froid :

Le Cothurne eſt trop haut, & n'eſt point ſon
    affaire.

Et moins le Brodequin dit Thalie en cole-
    re,

Luy qui blâme Moliere oſe-t'il ſe flater

D'égaler ces portraits, ou de les imiter ?

Je crois dit Calliope ou je ſuis bien trompée

Que Lutrigot enfin s'attache à l'Epopée.

Qu'il ne s'en meſle point, qu'il ſonge ſeule-
    ment

A montrer moins d'envie & moins d'emporte-
    ment.

Sa folle vanité paroiſt toûjours plus grande.

Penſe-t'il qu'auiourd'huy le Monde l'apre-
    hende ?

Pour attaquer ſans ceſſe il rime avec plaiſir,

Et s'il faut ſe defendre il n'a pas le loiſir.

A ce diſcours preſſant Terpſicore s'irrite.

Je l'eſtime, dit-elle, & connois ſon merite,

N'impoſez point de grace à ce fertile eſprit :

Voulez - vous tous les jours r'allumer mon
    dépit :

Vous blâmez Lutrigot par haine , & par en-
    vie :

Quand on nuit à sa gloire on en veut à sa vie;

Mais je l'aime il suffit poursuit-elle en cour-
    roux ,

Et je le soûtiendray malgré mes sœurs , &
    vous.

Callioppe en sous-rit, & Terpsicore émuë

Dans ses aigres propos n'a plus de retenuë.

L'une & l'autre s'emporte ; & repart aigre-
    ment ,

Mais Terpsicore enfin se leve fierément,

La regarde en fureur , luy jette sa viéle,

Et sans luy repartir vole à l'instant sur elle.

Calliope l'attend , la repousse , & soudain

Luy brise sur le dos sa trompette d'airain.

Plusieurs coups sont portez que ces deux Mu-
    ses parent

On y court , on se hâte , & leurs Sœurs les
    separent.

    Tels aprés maint débat deux Clercs prompts
      & fougueux

S'approchent rudement, se prennent aux che-
veux :

Ils ne font que crier, que fraper, & que
mordre,

Et l'on ne peut sans peine arrêter ce desordre.

Le bruit qui s'éleva dans le sacré Vallon

Ne parvint pas d'abord jusqu'au sage Apollon :

Il étoit dans les Cieux où Jupiter l'apelle

Pour joüir des plaisirs de la Troupe immortelle.

Cependant les deux Sœurs par leurs fiers mou-
vemens

Ne portoient les esprits qu'à des souleve-
ments.

Terpsicore empressée alloit de place en place.

Aux Armes, crioit-elle, au Peuple du Parnasse,

Amis de Lutrigot, suivez mes étendarts.

A ces mots les Rimeurs viennent de toutes
parts.

On voit parêtre un tas de faiseurs d'épigram-
mes :

D'icy l'on voit sortir des chercheurs d'Ana-
grammes :

Delà mille Grimauds amateurs de Chanſons,

Et des Rimeurs enfin de toutes les façons.

Tous ſe font defenſeurs du Roy de la ſatire,

Les uns par ignorance, & les autres pour
rire.

Dans le temps qu'elle agit Calliope à ſon
tour

Par des ſoins redoublez tâche à groſſir ſa Cour,

Sous ces drapeaux enfin ſe range en diligence

Tout ce qu'à dans nos jours de plus ſçavant la
France.

Ces deux Muſes mettoient tous les Autheurs
aux champs,

L'une avoit tous les bons, l'autre tous les mé-
chants.

CHANT III.

L UTRIGOT ignoroit cette
guerre civile,

Et plongé mollement dans un
sommeil tranquille,

Il laissoit égarer ses sens, & la raison ;

Mais dez que le soleil éclaire l'horizon,

Il s'éveille, & Colin par ordre de son maistre

Vient a pas mesurez ouvrir une fenêtre.

Va, luy dit Lutrigot, voir Gariste, & dis
luy

Qu'il faut qu'avec Rigelle il me parle aujour-
d'huy :

Qu'ils viennent au plûtost : je suis à l'Allian-
ce*.

Colin descend d'abord, & part en diligence :

L'empressé Lutrigot n'attend pas son retour,

* CABARET,

Il fort de la maifon, la ferme à double tour,

Et volle au cabaret ; là cet amy fidelle

Commande le dîner pour Garifte, & Rigelle ;

Mais fon cœur fatisfait goute un plaifir bien
doux.

Quand l'un & l'autre amy fe trouve au rendez-
vous.

Ils connoiffoient tous deux fa folle fuffifance,

Sa maligne critique, & fa foible fcience ;

Rigelle parloit peu , Garifte étoit flateur,

Et tous deux fe joüoient de ce credule Autheur.

Amys , dit Lutrigot , il s'agit de ma gloire ;

Mais avant toute chofe il faut fonger à boire :

Montons, on va fervir. Il les conduit tous deux

Dans le lieu preparé pour ce dîner fameux :

A remplir leur devoir ils ne tarderent guere :

Ils font charmez de l'ordre, & de la bonne
chere :

Ce repas fut enfin pour le dire en un mot ,

Auffi beau que celuy qu'a décrit Lutrigot.
Mufes

Muses racontez-moy les grands exploits qu'ils
    firent ,

Leurs sçavants entretiens , tous les bons mots
    qu'ils dirent ;

Et comment cet Autheur imprudent , & malin,

Repandit à grands flots son fiel, & son venin.

Ouy ce Triumvirat la terreur du Parnasse

A peine au Dieu des vers daignât il faire grace

Que de traits insolents contre les beaux esprits ;

Que d'Autheurs degradez , que Livres proscrits !

  Tels dans Rome autrefois Lepide , Antoine,
    Auguste ,

Usurpoient un pouvoir aussi cruel qu'injuste :

On craignoit leur fureur, on n'osoit resister ,

Et leurs sanglants Edits les faisoient detester.

  Mais le fier LVTRIGOT impose enfin silence

Et pour quelques moments il demande audience

Ses amys attentifs fixent sur luy les yeux ,

Et nôtre grand Autheur d'un ton harmonieux,

Etalant cet orgüeil où son panchant le porte,

Dés qu'on a deservi parle de cette sorte.

                L.

Fidelles Compagnons de mes plus chers
    plaifirs,

Qui connoiffez mon ame, & fes nobles defirs,

Et de qui l'Eloquence eft promptement armée

Quand il faut foutenir ma vafte renommée:

Auriez-vous jamais crû qu'un Satirique Autheur

Eût porté jufqu'au Ciel fa gloire & fon bon-
    heur ?

Qu'on euft mis en moi feul par un choix équi-
    table ,

Tout ce que les Savants avoient de plus ay-
    mable ?

Ne dois-je pas braver les injures du temps ?

Mais pourquoy veus-je encor vous tenir en fuf-
    pens ?

Aprenez chers amys , aprenez par moy-même,

Que malgré cent Jaloux une Deeffe m'ayme ;

Non d'un amour prophane , & rempli de fouci ,

(Si je déplais au Sexe il me déplait auffi)

Mais d'une ardeur fans tache ; ouy c'eft une
    Deeffe

Qui pour mes intéréts court, agit , parle , preffe,

C'eft Terpficore enfin à qui je dois ces foins,

Cette nuit mon esprit ne songeoit à rien moins

Quand je trouvay chez moy cette Fille celeste.

Son port étoit charmant, son air étoit modeste.

Elle veut que je prenne un vol plus relevé,

Et que je mette au jour un ouvrage achevé.

Assez & trop long-temps dans mes doctes caprices

Ma plume formidable a fait la guerre aux vices.

Doit-on être surpris qu'une Muse ayt fait voir

Dit Garriste à l'Autheur, jusqu'où va ton sçavoir ?

Aux beautez de l'esprit les neuf Sœurs sont sen-
sibles ;

Et toutes les vertus ne sont pas invisibles.

Tâche donc de répondre à tout ce qu'on attend

D'un Ecrivain parfait, d'un Autheur noble &
grand.

Qui peut encor douter de tes vives lumieres ?

Ne travailles-tu pas sur de riches matieres ?

Ton esprit est brillant, il est Original,

Soit qu'il pille à loisir Horace, & Juvenal,

Qu'il décrive le Rhin, qu'il narre une Bataille,

Ou fasse que Thémis ouvre une Huitre-à-l'Eſ-
caille.

C'eſt là ce qu'on appe'le *un Autheur ſans défaut*

Mais tu dois plus oſer , & prendre un vol plus
haut.

Rend ton ſçavoir celebre , & ta gloire publique:

Porte ta Verve enfin juſqu'au Poëme Epique :

Va chercher des Heros dans les ſiecle paſſez ;

L'Hiſtoire te les marque , & t'en fournit aſſez.

Il en eſt de Vaillants, de Conquerants , de Juſtes,

On voit des Scipions , des Jules , des Auguſtes

Donne à de tels ſujets de pompeux ornements,

Et faits briller par tout tes nobles ſentiments.

Oüy tu dois ſans remiſe , ajoûte alors Rigelle

Joindre à ta gloire antique une gloire nouvelle :

La ſavante Epopée eſt digne de ton choix ;

Mais à quoy bon chercher les Heros d'autrefois,

Je ſçay que leurs vertus doivent être imitées :

Le Parnaſſe à bon droit les a jadis chantées.

Devons-nous toutefois en paroître éblouïs ?

Ces Heros étoient-ils plus Heros que LOUIS ?

Qu'ont ils executé de ſi digne d'envie

Que ce Grand Roy n'ayt fait dans le cours de sa
  vie ?

Tu peux sur ses exploits t'occuper noblement ;

Mais ne va point sur tout luy dire sottement

Jeune & vaillant Heros dont la haute sagesse

N'est point le fruit tardif d'une lente vieillesse.

Et puis poussant ta Verve assez mal à propos

Ne va point luy prêcher un languissant répos.

Fais voir que tout luy cede , & que rien ne l'arrête ,

Qu'il court rapidement de Conquête en Conquête ,

Que ses fiers ennemis ne peuvent l'étonner ,

Qu'il sçait vaincre , affermir , punir , & pardonner ,

Que protegé du Ciel luy seul peut sur la Terre ,

Faire quand il luy plaist ou la paix , ou la guerre,

Et quoyque son grand Cœur soit charmé des
  Combats

Que la seule Justice arme toûjours son bras.

Apres nous l'avoir peint vaillant , & redoutable ,

Fais le voir magnifique , adroit , bienfait , aymable ,

Mêlant heureufement dans fes nobles projets ,

L'interêt de fa gloire au bien de fes fujets :

Reglant fes grands Etats par fa prudence extrême,

Maître de fon Confeil , & maître de foy. même,

Et toûjours faifant voir que fous fes juftes Loix

Il veut tout en Monarque , & fait tout avec
    choix.

    J'avois déja compté fur ma veine heroïque ,

Et j'en fçay tout le prix ; Lutrigot leur repli-
    que ,

Toutefois cés Heros que vous me propofez

Paffent chez les neuf Sœurs pour des Heros ufez.

Et LOUIS qui merite & mes foins & mes
    veilles ,
Eft un de ces Heros trop feconds en merveilles ,

On réüffit toûjours plein d'un fi grand objet ;

Mais de faire un Poëme , & n'avoir pour fujet

Qu'un Incident commun , qu'un Pupitre fterile ,

C'eft l'ouvrage inouï d'un Poëte fertile ,

Ce grand coup manque au Grec auffi-bien qu'au
    Latin ,

Et je le feray voir dans mon favant Lutrin.

Quoy ne ferois-je pas l'Autheur le plus blamable

Si cet original d'un prix ineftimable ,

Si ce chef d'œuvre enfin ne paroiſſoit au jour.

Mon Lutrin va ſurprendre & la Ville, & la Cour

Et lorſque l'on verra ſes beautez naturelles ,

Sa force, ſa juſteſſe , & ſes graces nouvélles ;

L'on chantera par tout qu'en ce docte métier

Homere étoit novice , & Virgile écolier.

Aprés ce grand diſcours LUTRIGOT les aſſure,

Qu'ils en auront bien-tôt la premiere lecture.

A la fin il ſe leve , il leur ſerre la main ,

Les embraſſe tous deux , & les quîte ſoudain.

CHANT IV.

CHARME' de Lutrigot, & de ses
reveries,

Ces amys enjoüez courent aux Thuilleries.

Là pour joüir de l'ombre, & de la liberté,

Ils cherchent à dessein un endroit écarté,

Et comme Lutrigot occupoit leur pensée,

Ils parlerent d'abord de sa gloire passée.

Rigelle soûtenoit qu'il falloit convenir

Qu'il étoit mal-aysé de tromper l'avenir :

Que cét Autheur verroit les enfants de sa veine

Faire humblement la cour à la samaritaine,

Et qu'avec tant de soins, & tant de vanité,

Peu de jours finiroient son immortalité.

Eh de grace soufrez, luy replique Garriste,

Que je passe aujourd'huy pour son Apologiste.

Ie vois qu'en ces écrits tout est juste & charmant,

Tout s'y voit bien placé, *tout s'y dit galemment,*

Ses Epîtres en vers, quoyque pleines de Fables,

N'ont-elles pas encor des attraits incroyables ?

L'on dit que cet Autheur loin de s'y soûtenir,

Les commence au hazard, & ne peut les finir.

Je le trouve plaisant, dez qu'on le lit on l'ayme!

Sur tout quand il écrit pour se loüer luy-même,

Et quand il nous fait voir par un stile nouveau,

Qu'il possede *un Vilage, ou plûtôt un Hameau.*

Chaque Epigramme même est feconde en pensées.

Il y met je le sçay des pointes Emoussées,

Pour ne pas imiter Catulle, & Martial,

Et pour oser en tout paroître Original.

Le discours qu'il adresse à nôtre grand Monarque

D'une Verve solide est une illustre marque.

Est-il rien de si noble, & rien de si prudent.

Que ce qu'au *Roy Pirrhus* dit son cher confident ?

Le dialogue est rare, & digne de paroître

A-t-on vû Jodelet conseiller mieux son maître ?

Et qui fans nôtre Autheur auroit jamais pensé,

Qu'au lieu d'être vaillant Pirrhus fut infensé ?

LUTRIGOT n'ayme point tous ces Heros de
 guerre

Qui portent la terreur aux deux bouts de la terre

A tous ces grands deffeins il n'aplaudit jamais.

Il ne veut admirer que les Heros de paix.

Il veut qu'un Roy s'engraiffe , & que dans fon
 Empire

Il goûte un doux répos , il ne fonge qu'à rire ;

Et luy feul a trouvé mille *bonnes raifons*

Pour loger Alexandre *aux petites maifons.*

 Que j'aime ce beau conte affaifonné de l'huitre

Qu'il prend dans un Autheur n'importe en quel
 Chapitre.

Ce mets fi delicat dont LUTRIGOT fit choix.

Fut prefenté jadis au plus puiffant des Roys ;

Mais l'Huitre par malheur n'étant pas agréable

Il ne la fervit plus qu'à la feconde table ;

Cependant ce ragouft delices de l'Autheur,

Peut encor aiguifer l'appetit du Lecteur.

 Le paffage du Rhin a produit des merveilles ;

Et ſur tout ſon grand *Vurts mal né pour les oreilles.*

Pour plaire également par la diverſité

Il mêle le menſonge avec la verité.

Tantoſt un Dieu cachant ſa *Barbe limoneuſe*

Prend ſoudain d'*un guerrier la figure poudreuſe*:

Tantoſt au Fort de Sкinq animé de fureur,

Son *front cicatriſé* donne de la terreur,

Et pour peindre des faits d'éternelle memoire

Luтriгot ſuit la Fable , & negige l'Hiſtoire.

Cet Autheur ſçait quitter tous les chemins batus,

Et former des Heros , des Dieux , & des Vertus.

Eſt-ce enfin ſans raiſon qu'en ſon Art poëtique

Il veut toûjours paroître un Autheur Energique?

Horace dont il eſt l'éternel traducteur,

N'amireroit il pas ſon écolier Docteur !

Il verroit ce Regent d'une claſſe nouvelle

Digne par ſon bel Art d'une gloire immortelle,

qu'un employ trop penible a toûjours empêché

De faire juſqu'icy tout ce qu'il a prêché.

mais

Mais ne s'eft-il pas mis dans une haute eftime

D'avoir fçeu de Longin rabbaiffer le Sublime ?

Excepté les endroits qu'il n'a jamais compris

Le refte eft admiré des plus fçavants efprits.

Si par ce traducteur on fe laiffe conduire

Il n'eft rien d'élevé qu'on ne puiffe traduire,

Et l'on pourra defcendre en marchant fur fes
    pas,

Du plus fublime ftile au ftile le plus bas.

Qu'on ne le blâme point d'aymer trop à me-
    dire,

Il ne choque les gens que pour nous faire rire.

Devoit-il dans un greffe à jamais retenu,

Pourrir dans la pouffiere, & vivre en inconnu ?

Et fans ce beau talent comment eût-il pû faire

Pour eftre regardé du peuple, & d'un Libraire ?

Je vois qu'il eft fecond dans le moindre projet.

Quand il fuit fon genie il épuife un fujet.

Chaque comparaifon eft toûjours fans-égale.

N'eftes-vous pas ravi de celle de Fantale,

Et de celle du Roy d'un tour fublime & beau,

qu'il compare au bâton qui foûtient l'arbriffeau ?

M

Quel cenfeur dans ce fiecle oferoit le repiendre ?

C'eft à fes fentimens qu'il faut toûjours fe rendre.

Voyons-nous quelque Autheur qui ne luy foit
foûmis ?

Il ne s'amufe point à croire fes amys ,

Sa plume eft infaillible ; à bon droit il luy femble

qu'il en fçait plus luy feul que tout le monde enfemble.

Les traits les plus brillans des Ecrivains paffez

Mot à mot dans fes vers fe trouvent ramaffez

Ses œuvres aujourd'huy ne font pas trop remplies

de Stances , de Sonnets , d'Odes , & d'Elegies ;

Mais on les compteroit *& par vingt & par cent*

Si fur les vers d'amour il n'eftoit impuiffant.

Il eft vray qu'il a fait une Ode pindarique ,

Enfant né par hazard qu'on blame , & qu'on critique.

Cet enfant eft petit il le faut avoüer ,

Avec le temps peut-eftre on pourra le loüer.

Tout cela n'eft pourtant que pure bagatelle.

L'audace de fa Verve eft plus noble , & plus belle

Et pendant que L O U I S rétablit l'équité ,

Luy *gourmande le vice* en pleine liberté.

Toûjours plus misantrope, il censure, il condamne ,

Prouve en forme que l'homme est au dessous de
l'âne ,

Qu'il ne raisonne point, qu'il a mille defauts ,

Et qu'il est le plus sot de tous les animaux.

Il triomphe encor mesme avec plus d'avantage

Dans les vers inoüis de son dernier Ouvrage :

Grand Ouvrage, ou beau sexe & terrible, &
fatal ,

Où l'on voit deborder le fiel de Juvenal.

Qu'on dise si l'on veut que son Esprit sterille

Est de cet aigre Autheur l'imitateur servile ;

Qu'importe qu'il soit tel, & que depuis vingt
ans

Il travaille avec soin à ces vers medisants.

Faut-il sur ce sujet moins de temps pour écrire ?

Je ne m'estonne point aprés cette Sattire

S'il se croit aujourd'huy le Docteur des Docteurs,

La gloire de son siecle, & le Roy des Autheurs.

Siecle heureux garde-toy d'attirer sa colere ,

Il t'a promis dit-on d'estre un peu moins severe ,

Conserve par tes soins le bien dont tu joüis,

LUTRIGOT te fait *grace en faveur de LOUIS.*

   Mais pour deffendre icy ce fameux Satirique

Je n'entreprendray point un long Panegirique.

Je diray seulement que tant de qualitez

Montrent de son Esprit la force, & les beautez.

Dez l'âge de quinze ans il fut modeste & sage :

Il eût & la science, & l'honneur en partage :

Il negligea toûjours ces jeunes Libertins

Dont les égarements donnent tout aux destins.

Jamais à des erreurs son cœur ne s'abandonne,

Il croit l'ame Immortelle, & que c'est Dieu qui
   tonne.

On ne voit point en luy de ces talents bornez

Dont les Autheurs communs sont contents d'estre
   ornez.

De mille soins divers son ame est occupée :

Il accorde en tout temps la plume avec l'épée.

Ce Poëte guerrier ne connoit point la peur.

Ne nous fit-il pas voir la force de son cœur,

Quand un jour de combat il tira de sa poche,

Pour mieux juger des coups , des lunettes d'a-
    proche ?

En luy tout est parfait , tout est beau , tout est
    grand ;

Mais il est circonspect en ce qu'il entreprend.

On l'auroit veu cent fois au milieu des batailles *

Se faire un beau rampart de mille funerailles ,

Si l'exacte raison de cet Autheur vaillant

N'eût moderé cent fois son courage boüillant ,

Et si Bellone mesme en depit de l'envie ,

N'eût toûjours pris le soin d'une si belle vie.

Ah ! Ce seroit sans doute un horrible attentat

D'exposer LUTRIGOT pour le bien de l'estat.

Rien n'est si precieux que le sang d'un Poëte.

Ce n'est pas à ce prix que la gloire s'achete.

C'est assez qu'à l'armée en Ecrivain parfait

Il s'informe de loin de tout ce qu'on y fait ,

Qu'il écoute , regarde , & qu'il aprenne encore

Pour l'immortaliser les termes qu'il ignore.

Aprés tant de conduite , & tant de grands em-
    plois

    * *Le Cid.*

L'équitable avenir va compter ſes exploits,

Et le grand Lutrigot bien que chargé d'affaires,

Comme un autre Ceſar feia les commentaires.

CHANT V.

Igelle l'escoutoit lorsqu'il entend parler

Des gens qui non loin d'eux sembloient
se quereller,

Et Garriste à ce bruit obligé de se taire,

Reconnaît LUTRIGOT, & Garbin le Libraire.

Ils y courent soudain, & chacun veut sçavoir,

Ce qui cause leur peine, & peut les emouvoir.

A l'instant LUTRIGOT devenant plus affable,

J'ay trouvé, leur dit-il, un esprit intraitable,

Mon Lutrin l'espouvante, & ce Marchand Altier

Craint d'y perdre ses soins, son encre, & son
papier;

Cependant tout y brille avec tant d'avantage,

Qu'on sera dans l'extaze en lisant mon Ouvrage.

Je le crois, dit Garbin; mais parmi les Autheurs,

Combien depuis long-temps trouve-t'on de men-
teurs?

Vous me vantez icy vôtre Poëme Epique

Que n'aviez vous pas dit de vôtre Poëtique ?

Et de voftre Longin, & Sublime traité,

Que par fes beaux écrits Dacier vous a gâté :

Il auroit fait bien pis fi *d'un trait de prudence*,

Vous n'euffiez à genoux imploré fa clemence.

   Sans Rigelle & Garrifte il n'eftoit pas ayfé

De voir heureufement ce courroux apaifé ;

Mais ces Mediateurs craignant leur violence,

Les prierent enfin d'agir d'intelligence,

De conclure un traité qui durât à jamais,

Et de ne rompre plus une fi douce paix.

Que ne peut le fecours des amys pleins de zele !

Leur prefence en ces lieux finit cette querelle,

Lutrigot s'humilie, & le prudent Garbin

Promet avec ferment d'imprimer le Lutrin.

   C'eft ainfi qu'à la hale on voit deux harangeres

Sur le moindre intereft s'irriter en Mégeres ;

Mais l'efpoir d'un profit quoyque fort incertain,

Les flate, les apaife, & les unit foudain.

   Tandis que Lutrigot content de fon Libraire

Songe à faire éclater sa gloire imaginaire,

Dans le docte Vallon les deux boüillantes sœurs

Ou pour ou contre luy soûlevoient les Autheurs.

A vanger son affront Terpsicore constante

Faisoit voir en tous lieux son humeur vehe-
  mente :

L'absence d'Apollon luy fournissoit le temps

De gagner à loisir les rimeurs mescontents.

Contre tant d'ennemis Calliope en defence

Rit de tous leurs projets, & de leur impuissance.

Les plus graves Autheurs, & les plus renommez,

Pour soutenir ses droits paroissent tous armez :

Par ces doctes soldats Calliope suivie,

Est prête de combatre, & d'estre bien servie.

  Dans un champ spacieux abondant en lauriers

S'assemblerent enfin nos Ecrivains guerriers ;

Les deux Sœurs commandoient, & leurs trou-
  pes rangées

Dans d'estranges perils se trouvoient engagées.

Deja plusieurs Autheurs formant de noirs desseins

S'excitoient à l'envi pour en venir aux mains ;

Quand Apollon paroiſt , & d'un ton de colere

Il leur crie en courant : Autheurs qu'oſez vous
    faire ,

D'où vient cette fureur , inſolents arrêtez ,

Où je vous puniray de vos temeritez ?

   A l'inſtant tout s'étonne , & tout craint ſa
    menace.

Les plus ardents rimeurs ſuſpendent leur audace.

Tel Neptune en courroux apaiſe avec deux mots

Tous les vents ſouſlevez ſur l'Empire des flots.

   De ſuivre donc ſes loix les deux muſes con-
    traintes

   Vont vers le divin Juge , & luy portent leurs
    plaintes.

Terpſicore d'abord parle de ſon Autheur ,

Calliope ſoutient qu'il n'eſt qu'un ſot Docteur :

L'une & l'autre à ſon tour raconte la querelle

Et veut avoir la force & la raiſon pour elle.

Apollon informé des troubles inteſtins

Qu'excitoient ces deux Sœurs & cent Eſprits
    mutins.

Condamne leur deſſein , blâme leur imprudence:

   Redoutez , leur dit-il , ma haine , & ma puiſ-
    ſance.

Ose-t'on prendre icy de telles libertez ?

Quels Dieux dans mes Etats seront donc res-
peétez ?

A ce triste penser ma colere redouble.

Faut-il que LUTRIGOT jette par tout le trouble,

Et devez-vous pour plaire à ses admirateurs

En faveur d'un critique armer tous les Autheurs ?

Ou par son ignorance, ou par sa hardiesse

Je ne fais point de Loy que luy seul ne transgresse.

Puis-je toûjours soufrir que de lâches esprits

Flatent son insolence, & craignent ses Escrits.

Mais qu'on ne trouble plus le repos du parnasse ;

Muses, je vous l'ordonne, Autheurs je vous
fais grace.

Aux volontez du Dieu tout le monde ceda.

Calliope en soûrit, Terpsicore en gronda,

Et l'on vit les Autheurs aprés cette defense,

Mettre les armes bas & garder le silence.

Cependant LUTRIGOT follement curieux,

Sur l'obscur avenir ose jetter les yeux.

Il court chez la *Voisin* cette devineresse

Dont le sçavoir n'estoit qu'une trompeuse adresse,

Et qui pour subsister dans ses dereglements,

faisoit payer aux sots ses feints enchantemens.

Là vient plus d'un Epoux la jalousie en l'ame

S'instruire imprudemment des amours de sa
    femme.

L'espouse y prend conseil sur le sort d'un mari.

La coqueste y croit voir un galant trop cheri.

La fille y veut tromper une mere importune.

Le Marchand y demande une grosse fortune,

Et dans son desespoir le Joüeur indigent

Vient chercher un secret pour ravoir son argent.

Mais enfin LU R RIGOT trop avide de gloire

Y veut de son Lutrin déveloper l'histoire,

Et se laissant conduire à sa credulité

Il parle à la *Voisin* dez qu'il est ecouté.

    Prodige de nos jours, Sibille de nostre âge,

A qui l'enfer, dit-il, rend un fidelle hommage,

Toy de qui les vivants implorent le secours,

Qui des maris facheux sçais abreger les jours,

Et qui malgré les loix de la nature humaine

Ainsi que le passé vois l'avenir sans peine ;

Si, comme je le crois, mes Vers t'ont pû charmer
                      Repond

Repond fur le Lutrin que je fais imprimer ;

Dis-moy tous les honneurs qu'on va bien-toft luy
    rendre ,

Et-ce que du public LUTRIGOT doit attendre.

   La Sorciere fe leve , & luy repond ainfi :

L'Enfer me promettoit un Heros , le voici ;

Je le trouve en toy feul , Autheur incomparable,

Tu peut tout efperer de mon art fecourable :

Arme-toy feulement d'un intrepide cœur :

Nos mifteres fecrets donnent de la terreur.

   Elle fe tait, l'embraffe , & le meine elle-mefme

Dans un lieu fouterrain d'une noirceur extrême,

Des Squelles ranges , & des Tas d'offemens ,

De cette Salle horrible eftoient les ornements ;

Et la fombre clarté d'une torche allumée

N'y faifoit voir dans l'air qu'une Epaiffe fumée.

Mais à peine eftoient ils dans ce manoir obfcur ,

Qu'un Spectre tout à coup femble fortir du mur.

LUTRIGOT en tremblant , & l'ame toute Emuë,

Jette fur cet objet fon defir , & fa vûe ,

Pendant que la *Voifin* conjuroit par trois fois

Ce fantôme müet de répondre à fa voix.

Aprends, dit-elle, aprends à ce docte critique

Quel fuccez doit avoir fon poëme heroïque,

Parle, je le commande. A cet ordre preffant,

Le Spettre monftreux fe rend obeïffant,

Et du fond fombre & noir de cette vafte Sale,

Il prononce ces mots d'une voix infernale.

  ,, Je vois dans l'avenir t'on fublime Lutrin

  ,, En caraẟteres d'or efcrit fur le velin,

  ,, Et ce livre charmant *eft lu dans les Provinces*,

  ,, *Eft recherché du peuple, & reçû chez les Princes*

Les Spettre difparoit, & l'Aautheur fatisfait

Ne voit en fon Lutrin qu'un Ouvrage parfait:

Sûr d'un fuccez heureux, il brave les alarmes,

Et benit dans fon cœur la Sorciere, & fes charmes.

  Ainfi, quand au College un Grimaud diligent,

Apiés avoir tout dit, eft loué du Regent,

Il en parle par tout, il s'aplaudit lui-mefme,

Et croit que tous les prix ne font dûs qu'à fon Theme.

CHANT VI.

L E fameux LUTRIGOT repaſſe en ſon
Eſprit

Tout ce qu'en ſa faveur le fantôme a predit,

Et publiant par tout le bonheur qu'il eſpere

Il veut en faire part à N. non l'horlogere.

Il la trouve enfin ſeule, & ce galant Autheur

Prend aux yeux de la belle un air doux & flat-
teur.

L'amitié, luy dit il, que je vous ay jurée

Des foibleſſes des ſens eſt toûjours épurée.

Un autre plus hardi vous parleroit d'amour ;

Mais je reſpecte trop l'Epouſe de la Tour :

Je ſçay lorſqu'il le faut me faire violence.

Et n'aſpirer qu'au rang des Heros en Science.

L'ouvrage que je fais ou je parle de vous,

Et des exploits fameux de voſtre cher Epoux,

Fire voir au public quel bonheur eſt le voſtre

D'avoir ſceu juſqu'icy me plaire l'un & l'autre

Et qui peut mieux que moy, trop aimable Nanon,

Repandre dans Paris le bruit de voſtre nom ?

Rien ne peut vous parer d'une gloire plus belle.

Payer de voſtre eſtime un ſi genereux zele :

Publiez mes vertus dans la Cour du Palais :

Que tout juſques au Clercs, & juſques au Laquais

Aprenne promptement de voſtre belle bouche,

Qu'ainſi que mon ſçavoir mon merite vous touche.

Nanon le regardant avec un doux ſoûris

Quoy, dit-elle, les ſoins que voſtre plume a
pris

N'obligeroient-ils pas l'ame la plus barbare

D'admirer en tous lieux une vertu ſi rare ?

Je ſçay que le reſpect arête vos ſoupirs,

Que vous n'avez pour moy que d'innocents deſirs,

Que pour mes interêts tout vous paroit poſ-
ſible ;

Auſſi Nanon l'avouë, & n'eſt pas inſenſible.

Si la Tour n'eſtoit plus , je voudrois dez demain

Donner à LUTRIGOT & mon cœur & ma main:

On me verroit bruler d'un amour legitime.

Jugez aprez cela du prix du mon eſtime ,

Et ſi par cet aveu je ne merite pas

Que vous chantiez mon nom , ma gloire, & mes
  appas.

  Durant cet entretien auſſi doux qu'heroïque

L'horloger bruſquement entre dans la boutique

Il voit & teſte à teſte , il l'eſtonne , il blèmit ,

Son Epouſe eſt émuë , & LUTRIGOT fremit ;

Mais L'autheur rappellant ſa premiere aſſuran-
  ce.

Pour ſe juſtifier rompt enfin le ſilence.

  Ne croyez pas, dit-il , genereux horloger.

Que mon ame ſe porte à vous deſobliger.

Le beau nom de la Tour eſt cher à ma memoire :

J'eſtime vos vertus , & j'aime voſtre gloire.

Mon Lutrin qu'on imprime , & qu'on doit admirer

Repond de ma parole , & doit vous raſſurer.

Vous y verrez bien-toſt voſtre valeur chantée,

Et par mes nobles vers voftre Epoufe exaltée.

Il n'apartient qu'à moy de changer a propos

Nanon en heroïne, & la Tour en Heros.

Ah repart l'horloger je fuis digne de blâme

D'avoir eu contre vous de vains foubçons dans
l'ame ;

Mais d'un penfer fi bas je fuis enfin confus:

Vous n'aimez que l'honneur & je n'en doute
plus.

De Paris au Perou, du Japon jufqu'à Rome,

Le fçavant LUTRIGOT paffe pour un grand
homme,

Et je fuis trop heureux s'il daigne dans fes
vers

E'taller mes hauts faits aux yeux de l'univers.

Aprés s'eftre laffez de vanter leur merite

Le grand Auteur fe leve, & finit fa vifite.

Mais voulant prevenir les honneurs qu'il attent

Il va relire encor fon Poëme important,

Et charmé du fujet, de l'ordre, & du langage,

Ce Narciffe orgueilleux fe mire à chaque pa-
ge.

Ne confultant donc plus que fon ambition

Il fait voir le Lutrin durant l'impreffion.

Il le lit à Garrifte, il le lit à Rigelle,

Il va le reciter de ruelle en ruelle,

Il mandie en tous lieux de l'aplaudiffement,

Et par fon Ton de Voix il impofe aifément.

C'eft avec moins de bruit, moins d'art, & moins
   d'haleine,

Le Savoyard chantoit fous la Samaritaine.

Mais bien-toft en public ce Poëme parut ;

Et pour fa nouveauté tout Paris y courut.

Quel Eftrange malheur ? quel revers incroya-
   ble,

Le Lutrin n'euft rien moins qu'un fuccez favorable,

La plûpart des lecteurs en firent rebutez ;

Et la cour n'y trouva ni graces, ni beautez.

Dabord Garrifte vole ou fon devoir l'apelle,

Et porte à LUTRIGOT cette trifte nouvelle.

   Cher amy, luy dit-il, je ne puis te cacher

Le malheur du Lutrin, deuffé - je te fâcher ?

Toute la ville en parle, il en eft la rifée,

Et par mille cenſurs ta vaine eſt mépriſée ;

J'en ſuis au deſeſpoir. LUTRIGOT interdit,

Accablé de chagrin, de honte, & de depit,

Par ce coup impreveu perd toute contenance :

Il demeure ſans voix, ſans poux, ſans connoiſ-
ſance.

Scaramouche affligé paroit moins éperdu

quand le Docteur luy dit qu'il doit eſtre perdu,

Et jamais il n'a fait dans ſa feinte diſgrace,

Une plus ridicule, & plus laide grimace.

A la fin LUTRIGOT boüiliant, & furieux,

Recule quatre pas, rougit, roule les yeux :

Ah foudroions, dit - il, tous ces petits Poëtes

Doucereux Ecrivains de *frivoles ſornettes*,

Relevons noſtre honneur par leur accable-
ment.

Quoy ces lâches mortels oſent inſolemment

Condamner mon Lutrin, quand ma main occupée

N'a pas le temps d'agir ni de tirer l'Epée.

C'en eſt trop buſons tout, contentons nos deſirs

Quittons , pour nous vanger , amis , repos, plai-
    firs ,

Puniffons nos Cenfeurs d'un attentat étrange:

Périffe l'Hélicon pourveu que je me vange.

A tous ce fier Autheur par la rage animé ,

Déchire cent eferits dont il eftoit charmé ,

Et prenant des deux mains fa plume redouta-
    ble ,

Ce Heros furibond l'écrafe fur la table.

Tel dom Quichote Emû d'un courroux violent

Mit fa lance en morceaux contre un Moulin à
    vent

    Garrifte pour calmer cette affreufe colere

Que vois-je , luy dit il , & que pretens tu faire?

Ces tranfports trop à relents me font fremir
    d'horreur.

Les Heros du Parnaffe ont ils tant de fureur ?

Tu dois loin de donner de pareilles alarmes

Prendre foin de ta gloire , & conferver tes armes.

Un fi prompt defefpoir paroift hors de faifon.

Confulte feulement ta Verve, & ta raifon.

N'attens pas qu'un Cenfeur & *t'infulte, & t'ac-*
    cable ,

Et quoyque *vieux Lion* fois moins, *doux moins*
    traitable ,

Arme enfin de nouveau tes *ongles Emouffez* ,

Affez mal à propos tes *chagrins font paffez.*

Fait couler des flots d'Encre , & lave cette in-
    jure.

   A ce prudent confeil L u t r i g o t fe raf-
    fure ,

Et quand par fa couftance il a reprit fes fens.

Je te vois, repond-il , digne de mon Encens:

Non je n'attendray point que ton zele m'ex-
    cite ;

La vangeance me plait , & mon Cœur le medite.

Medifons des Auteurs mefme aprés leur trépas,

Et point de grace au fiecle,il n'en mérite pas :

Mais il me faut du temps, mes forces ramaffées

Fourniront plus de traits à mes doctes penfées.

Si je puis rapeller mon antique fureur,

Le fiecle tremblera , j'en feray la terreur ;

Rien ne m'eft impoffible. Aprés cette menaffe

Dans fon beau cabinet le grand L u t r i g o t
    paffe,

Et d'un ton enroué menacent Apollon

Il prétent foudroyer tout le docte vallon,

Brifer impunement & Lires, & Trompetes,

Et faire enfin trembler les plus hardis Poëtes :

Phebus , Mufes , Autheurs, tous fert à fon cour-
    roux ,

Excepté Terpficore il les dechire tous :

C'eft elle feulement que fon Cœur veut connoi-
    ftre.

Tel un Ours dechainé n'efpargne que fon mai-
    ftre.

Lutrigot la revere, & fe fouvien toûjours

Qu'elle eft , malgré Phebus , fon unique re-
    cours.

A la fin fatigué d'une fureur fi vaine

Il fufpend fa colere , il differe fa haine ,

Et croit , malgré le fort , & toute fa rigueur,

Trouver dans fes Ecrits la fin de fon malheur.

Tantoft il relifoit fes fatires mordantes ,

Ses difcours embroüillez , fes Epîtres rampan-
    tes ,

Et tantoft expliquant fon Longin Ténébreux

Il prenoit des mots Grecs pour des Termes Hé-
breux.

C'eſt Ecrivain ſublime eſt toûjours, tant il s'aime,

Satisfait de ſes vers, & content de ſoy-même.

CHANT

CHANT VII.

E Lutrin eut d'abord de Lecteurs com-
plaisants,

Et tous les froids Rimeurs estoient ses partisants.

Les plus sçavants Ecrits selon ses Emissaires,

Rampoient, ou n'estoient plus que de Livres
vulgaires ,

Et Terpsicore aprit de ce Tas de flateurs

Que le grand LUTRIGOT charmoit ses auditeurs.

Un desirs curieux porte cette Déesse

A voir bien tost l'ouvrage ou son cœur s'interesse,

Sans se faire connoître elle court chez Garbin ,

Et là d'un œil avide elle lit le Lutrin ;

Mais quelque égard qu'elle ait pour un Autheur
qu'elle ayme

Elle sent du degoust pour ce fade Poëme :

Son cœur moins ferme enfin commence à s'é-
branler :

Inquiete & reveuse elle n'ose parler ,

Q

Et pour chaſſer bien-loin le chagrin qui la preſſe

Elle vole à l'inſtant aux rive du Pemeſſe.

Dez qu'Apollon la voit il l'embraſſe , & ſon
  cœur

Voulant faire un effort pour la tirer d'erreur.

 Je ſçay , lui dit ce Dieu , que vous venez de
  lire

Ce Lutrin ſcandaleux dont on ne fait que rire

Il eſt vray , dit la Muſe. Ah ! ceſſez d'eſtimer

Pourſuit-il un Rimeur que vous devez blamer.

Vous vantez Lutrigot , quel deſſein eſt le voſtre ?

Ce pretendu ſçavant en ſçait-il plus qu'un autre ?

Loin d'avoir dans ſes vers plus de ſolidité

Il n'a que plus d'audace , & plus de vanité.

En vain il veut chanter le plus grand Roy du
  monde ,

Nous ſçavons que ſa veine en ſornettes feconde,

Fait pour y réüſſir des efforts impuiſſants ,

Que ſes comparaiſons s'éloignent du bon ſens ,

Et que ce vain Autheur par un orgueil extrême,

Oſe à ce grand Heros ſe comparer luy-même.

Cependant vous voulez nous forcer d'avoüer

Qu'il eſt ſeul aujourd'huy digne de le loüer ;

Si l'on vous en croit même il est inimitable.

Et qu'à donc ce Rimeur de si considerable ?

Il sçait medire en vers, mille autre aujourd'huy,

S'ils n'avoient de l'honneur, médiroient comme luy.

Lorsqu'un faiseur de vers n'est bon qu'à la Satire

De tous les Ecrivains il est toûjours le pire.

On voit que LUTRIGOT n'est jamais plus content

Que lorsqu'il peut noircir un merite éclatant :

Que sa fureur l'Emporte. Ah ! ma Sœur, je m'etonne

Qu'on épargne un Autheur qui n'épargne personne,

Il porte son envie au delà du trépas,

Je le repete encor : je ne l'estime pas.

Qu'il dise impunément que par toute la France,

On redoute sa plume, on craint sa medisance :

Que charmé dans son cœur de ses vers offensans

Cet Autheur se parfume avec son propre Encens,

Je le soufre, & j'en ris ; mais de voir qu'une Muse

En faveur d'un Poëte elle même s'abuse,

Que vous vantiez par tout fa veine, & fon fçavoir,

Je ne puis l'endurer fans trahir mon devoir.

Connoiffez des Autheurs la force, & la foibleffe,

Et fi vous en jugez que ce foit en Déeffe.

 Par de pareils difcours pleins d'une vive ardeur

Apollon tâche encor à ramener fa Sœur,

Et chaque Mufe alors la voyant Ebranlée

Suit l'ardeur d'Apollon, & n'eft pas moins zelée;

Mais Terpficore, à qui le Lutrin odieux

Par fon trifte fuccez avoit ouvert les yeux,

Aprez avoir gardé quelque temps le filence :

 J'avois toûjours, dit-elle, une extrême indulgence.

Pour cet Autheur adroit qui n'invoquoit que
 moy :

J'eftimois bien fouvent fes écrits fur fa foy,

Et comme en fa faveur il m'avoit prévenuë

Sa folle vanité ne m'eftoit point connuë ;

Mais enfin vos raifons ont éclairé mon cœur

Je ne vois plus en luy qu'un temeraire Autheur.

Qu'un Rimeur plein d'orgueil, de malice,& d'audace.

Et le perturbateur du repos du Parnaſſe.

Ces juſtes ſentiments , ces ſinceres propos
Jettent dans les eſprits la joye, & le repos
Sur le Mont Helicon l'allegreſſe eſt publique.
Qu'on mande , dit le Dieu , ce Poëte heroïque,
Je pretents qu'il paroiſſe, & qu'il nous faſſe voir
Ce Lutrin merveilleux où gît tous ſon eſpoir,
Qu'il vienne donc icy lire ce grand Poëme,
Je m'offre,dit la Muſe, à l'amener moy-même,
Prenez Pegaze , allez , luy repart Apollon,
Amenez LUTRIGOT dans le double vallon :
Pour joüer cet Autheur mettez tout en uſage,
Et feignez d'aplaudir à ſon groteſque Ouvrage ;
Mais pour le recevoir , & pour nous divertir ,
pourſuit-il en riant , il faut nous traveſtir.
Que tout juſqu'aux Autheurs ſe deguiſe , & ſe
        pare.

Le deſſein du Dieu plait, & chacun ſe prépare.

L'Aſtre qui renouvelle & meſure les jours
Sur ce vaſte Hemiſphere avoit finy ſon cours ,
Et loin de ces climats ſa lumiere feconde
Commençoit à dorer l'autre moitié du monde :

Quand le grand LUTRIGOT pour s'éloigner du
  bruit,

Du haut de sa maison voyoit regner la nuit.

Le malheur du Lutrin causoit sa reverie.

Il falloit essuyer plus d'une raillerie ;

Et dez qu'il paroissoit, & l'habile, & le Sot,

Demandoient en riant : est-ce là LUTRIGOT ?

Tant d'accidents divers joints à son humeur
  noire

Troubloient malgré ses soins son heureuse memoire.

    J'auray vû, disoit-il, mes Ecrits triom-
      phants

Cheris vingt-ans entiers, & du peuple ; & des
  Grands :

Ils auront enseigné le bel art de medire,

Et cent Rimeurs jaloux prétendront les pro-
  scrire,

Ils voudront me traiter de ridicule Autheur.

Ah, mon sçavant Lutrin aura plus d'un Lecteur.

Malgré tout le Parnasse on le verra paroître.

    Colin entend ces mots, & court à son cher
      maître.

Q'a-t-on fait, luy dit-il, de nouveau contre vous.

Je fens, repond l'Autheur, un violent courroux.

Ouy contre mon Lutrin le monde fe déchaîne,

Et pour le foutenir mon éloquence eſt vaine.

Ce Poëme divin qu'à-t'il pour faire peur ?

Dois · je perdre aujourd'huy ma peine, & ma
fueur ?

Qui pourroit le fouffrir ? O ciel, quelle inju-
ſtice !

Ah! tout eſt renverſé, Paris eſt fans Police.

Ce rude coup m'eſtonne, & me fait enrager ;

Mais de tant de Cenfeurs je fçauray me vanger.

Il faut, repart Colin, que dans cette occur-
rence

Voſtre efprit trop actif redouble fa prudence.

Peut-eſtre voſtre nom en fera moins chanté ;

Mais vous n'en ferez pas moins fain, ni moins
renté

Que ne quittez vous donc fans tarder d'avantage

Et la Ville, & la Cour pour courir au Village ?

Vous y verrez fans bruit vos *Saules non plan-*
tez ,

Et vos *Noyers fouvent du paffant infultez.*

C'eft trop vous fatiguer à groffir un *fot Livre.*

Ne feriez vous pas mieux de ne fonger qu'à vivre ?

Sans vous rompre la tefte à médire toûjours

De vos tranquilles ans laiffez finir le cours.

Toute gloire eft fragile , & n'eft qu'une ma-
rote.

   Ainfi Sancho Parça parloit à Dom Guichot-
te ,

Quand ce fier Chevalier toûjours à redouter,

Sufpendoit fes tranfports , & d'aignoit l'écouter.

   Crois-tu , repond l'Autheur , que la crainte
me guide ,

Et que je te reffemble , ame foible , & timide,

Ne vient point m'étourdir par de lâches confeils.

Que t'on efpoir rampant les donne à tes pareils ;

Le mien eft intrépide , & quiconque m'offenfe

Doit craindre mon courroux , ma haine , & ma
vangeance.

Va t'en, je fuis chagrin, je ne le puis celer.

Ce n'eſt qu'à *mon eſprit à qui je veux parler*.

Tels où pareils diſcours dans ſa ſombre manie

Tenoit à Foucaral Dom Iaphet d'Armenie.

Il fallut obeïr, & Colin tout craintif

N'oſe pas repliquer à noſtre Autheur plaintif.

Il le laiſſe à regret dans ce déſordre extrême.

L'affligé LUTRIGOT ſe recüeille en luy-même :

On liſoit dans ſes yeux le trouble de ſon cœur.

Compoſons, diſoit-il, un Ouvrage vangeur.

Je ſens qu'avec plaiſir ma plume s'y diſpoſe.

Employons hardiment & les Vers, & la Proſe.

Les Autheurs comme nous, s'il en eſt toutefois,

Font tout quand il leur plait ſans meſure, &
ſans poids :

Oſons, entreprenons. Ah ! pourſuit-il, je penſe

Qu'il eſt plus glorieux de garder le ſilence.

Dans le cœur des Heros, & des plus beaux eſprits,

La vangeance eſt muette, & ſe borne au mépris;

Mais helas ! Si j'en uſe avec tant de reſerve

Que ne croira t-on pas de ma timide Verve ?

Tel on voit Harlequin, la frayeur fur le front

S'animer au combat pour vanger un affront :

Il veut, il ne veut pas ; il diffère, il s'aprête ,

D'une main il fe pouffe, & de l'autre il s'arrête.

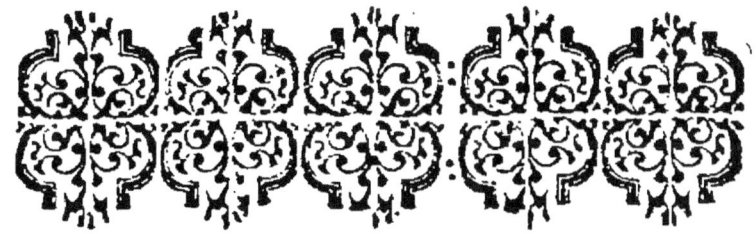

CHANT VIII.

'Aurore diſſipant les ombres de la nuit

Rapelloit en tous lieux le travail , & le bruit.

Quand LUTRIGOT s'éveille , & quelque effort qu'il faiſe,

Il ſent de ſon Lutrin la fatale diſgrace.

Il ne peut concevoir que ſans Enchantement

L'éclat de ſes beaux Vers n'ait duré qu'un mo‑ ment ,

Et retombant ſoudain dans ſa fureur premiere

Il veut de ſon malheur accuſer la Sorciere.

Je n'en ſçaurois douter, dit-il, c'eſt la *Voiſin*

Qui par ſon Art magique à détruit mon Lutrin.

Par cet Art infernal & qui devoit y plaire

Sur l'eſprit des Lecteurs fait un effet contraire ;

Mais je vois d'où me vient ce fâcheux embar‑ ras

Quand je la conſultay je ne la payai pas.

Cet esprit prevenu de cette rêverie,

L'ame pleine d'aigreur , de haine, & de furie;

Il se leve , il s'habille, & sur ce fondement

Va revoir la *Voisin* dans son vieux logement.

Mégere , luy dit-il, ame venale & noire ,

Pourquoy de mon Lutrin obscurcis-tu la gloire ?

Tes Démons déchaînez , & sortis des Enfers

Souflent dans tous les cœurs le mépris de mes
  Vers :

Tes charmes n'y font voir qu'expressions for-
  cées,

Qu'insipides propos , & que fausses pensées.

Est-tu d'intelligence avec mes ennemis ?

Sont-ce là les honneurs que tu m'avois promis ?

A ce discours fougueux sans paroître effrayée,

La Sorciere répond : que ne m'as tu payée?

Suffit-il de me voir , & de me consulter ?

Lorsqu'on veut des honneurs, il faut le acheter :

L'argent me rend toûjours plus savante , & plus
  forte.

Que t'on Lutrin maudit plaise ou non, que m'importe.

Je ris de t'on Courroux , & je te feray voir ,

Si tu ne sorts bien - tost , jusqu'où va mon pouvoir.

Ne viens point dans ces lieux lasser ma patience.

J'abhorre , dit l'Autheur, ta funeste Science ,

Et je la maudiray jusques dans le Tombeau

Va, puisses-tu finir par la main d'un Bourreau.

Et toy , luy repart - elle , insolent Plagiaire

Ne puisses tu rimer que pour toûjours deplaire,

Et qu'un jour quelque Autheur goguenard, & ba-
din,

Te tourne en ridicule , & berne ton Lutrin.

L'Autheur pâlit alors, & loin que son feu dure

Il craint de s'attirer quelque triste aventure :

Il se depéche , il part ; mais en quittant ces lieux

Il la menasse encor de la main & des yeux.

Tel un âne retif échapé d'une Etable ,

Qui craint que de maints coup un valet ne l'ac-
cable

Dans la peur qui l'agite il croit qu'on le pour-
suit ,

Et ruë en l'air cent fois pendant qu'il brait , &
fuit.

Apollon cependant ordonne qu'on aprête

P

Tout ce qui doit fervir à la comique fête.

Sans déroger en rien à fa divinité

Il fe fert de l'adreffe, & de l'autorité,

Et modere l'ardeur que fur le Mont Parnaffe

Montroit pour Lutrigot la vile populace.

Mais noftre Autheur boüillant de fureur pene-
tré

Contre tous fes Cenfeurs eft toûjours plus ou-
tré.

Il ne s'amufe plus à tous ce qu'on peut dire:

Il veut bongré malgré que le public l'admire.

Dans le temps qu'il formoit cent projets dans
fon cœur

Ses yeux furent frapez d'une gran de lueur:

Sa chambre en un inftant parut toute éclairée:

Sa debile raifon en fut prefque égarée,

Et ce brillant Autheur voyant ce feu fubit

Crût que tant de clarté venoit de fon efprit;

Mais c'eftoit Terpficore en vetement celefte.

Le fort de ton Lutrin ne fera pas funefte,

Luy dit d'abord la Mufe, & je viens t'avertir.

Que fi tu veux me fuivre il eft temps de partir.

Apollon veut te voir , & lire ton Ouvrage.

Terpſicore eſt - t'on guide , affermis ton courage ,

Ramaſſe tes Ecrits, ſors, & viens de ce pas

Recevoir des honneurs que tu n'attendois pas.

 Le docte LUTRIGOT aux yeux de la Déeſſe

Redouble ſon eſpoir , & bannit ſa triſteſſe.

Ainſi lorſqu'un Nocher voit ces yeux éclatants

Dont l'aſpect fortuné preſage le beau temps,

Du danger qu'il craignoit ſon ame encor é-
muë

Reprend toute ſa force à cette chere Vûe ,

Il inſpire la joye à tous les Matelots,

Et predit leur bonheur , & le calme des flots.

 L'Autheur ne ſonge plus en cette conjon-
cture

Qu'aux progrez qu'il attend de ſa gloire fu-
ture ,

Et ce credule eſprit de ſoy-même entêté,

Suit la celeſte fille , & s'arme de fierté.

La Muſe pour aller vert la ſavante troupe

Remonte ſur Pegaze, & met L'Autheur en croupe.

Déja tous les Autheurs dans le double vallon

Attendoient LUTRIGOT au Palais d'Apollon.

Dans une grande Salle, & richement meu-
blez

Eſtoit cette celebre, & nombreuſe aſſemblée,

Et pour mieux ſe maſquer les Muſes avoient
pris

Les habits negligez de quelques beaux eſprits.

Dans leurs noirs vêtements la modeſtie éclate,

L'une porte un rabat, & l'autre une cravate.

L'une eſt en juſt-au-corps, cet autre eſt en manteau.

Pluſieurs ont la ſoûtane, & toutes le chapeau ;

Mais plus d'une perruque & noire, & mal pei-
gnée,

De linge aſſez mal propre eſtoit accompa-
gnée.

Apollon deguiſé placé dans un fauteuil

Faiſoit à tout venant un obligent accueil :

En petit collet même il paroiſſoit aymable,

On le voyoit en maître au haut bout d'une table,

Et les divines Sœurs pleines de gravité,

Occupoient fur deux bancs l'un & l'autre côté.

Sur d'autres bancs auffi d'une longueur égale

Se m'eftoient les Autheurs qui venoient dans la
    Salle ,

Donc plufieurs d'Apollon eftimez, & loüez,

Jadis par LUTRIGOT avoient efté loüez.

Dans cette Salle enfin tous les Autheurs d'E-
    lite

Se plaffoient felon l'âge , & felon le merite :

Quand Pegaze conduit par une Deité

Fend le vague des airs d'un vol precipité

Et ne fonge qu'à voir fa croupe foulagée

De l'importun fardeau dont on l'avoit char-
    gée.

LUTRIGOT ébloüi , muet , & chancellant,

Craint tant- il eft troublé qu'il ne bronche en vo-
    lant.

Dans ce vafte chemin ce Cavalier timide

Se croit en grand danger, & fe tient à fon guide.

Ainfi par un beau temps le voyageur nouveau

Voyant branler la nef qui le porte fur l'eau

Se prend au maft prochain , ne fçait ce qu'il doit
    faire

Et redoute un peril qui n'eſt qu'imaginaires.

Mais à la fin Pegaze auſſi ferme que prompt

Porte , & laiſſe ſa charge au pied du Sacre-Mont.

Et L'Autheur affermi ſur l'élement ſolide

Ne fait voir dans ſes yeux qu'un courage intrepide.

Viens, luy dit Terpſicore , au gré de tes ſou-
haits

Charmer le Dieu des Vers juſques dans ſon Palais.

Tu trouveras l'a haut les Muſes deguiſées ;

Mais à te faire honneur elles ſont diſpoſées :

Le Dieu même pour toy s'humaniſe aujour-
d'huy.

Reſouviens-toy ſur tout de t'adreſſer à luy.

Qu'on ne remarque en toy ni chagrin , ni foi-
bleſſe ;

Apollon eſt timide , & crains ta hardieſſe.

Quelques lâches flateurs écrivains diſper-
ſez.

S'eſtoient au pied du Mont à la hâte amaſſez.

Dez que L'Autheur paroît cette troupe s'empreſſe

D'exprimer ſes tranſports par des chants d'allegreſſe ,

Et ces vendeurs d'Encens le donnnant à vil
    pris ,

Exaltent son merite, & poussant mille cris.

A des honneurs en l'air son ame acoutumée

De ces coups d'encensoir avaloit la fumée.

LUTRIGOT sous ses pas ne trouvoit que l'au-
    ri.rs.

Deux Satires masquez luy *servoient de Mas-*
    siers ,

Et deux autres portoient dans sa grande Ecri-
    toire ,

Plumes , poudre , papiers , instruments de sa
    gloire

Tout suivoit le desir de l'orguilleux Autheur.

Terpsicore parée estoit son conducteurs :

Elle écartoit le peuple , & crioit place , place, *

Place au grand LUTRIGOT le Geant du Par-
    nasse ,

Que chacun sans courir s'attache à son de-
    voir :

Le voicy , chapeau bas, on vous le fera voir.

LUTRIGOT tout bouffi de son air Pedan-
    tesque

* Comedie.

Eſt charmé le premier de ſa pompe burleſ-
 que,

Se regarde marcher, & tous les Spectateurs

Paroiſſoient à ſes yeux autant d'admirateurs.

CHANT IX.

Andis qu'à pas comptez le grand Autheur s'avance

Quelques Rimeurs nouveaux luy font la reve-
rance,

Il est tout glorieux, & ce superbe Autheur

Va s'asseoir vis à vis du divin Directeur.

Chacun regarde alors sa fiere contenance :

On cesse de parler, & LUTRIGOT commence.

Grand Apollon, dit-il, que mon destin est doux

De me voir en estat d'estre aplaudi de vous !

Ce seroit pour tout autre une faveur insigne ;

Mais graces à mes écrits je n'en suis pas indigne.

Qu'on ne m'accuse point que par des Vers malins

J'ay cent fois plus médit que les Autheurs Latins.

Quels que soient les excez dont ma plume est
blamée

Je joüis de ma gloire, & de ma renommée :

Dans l'Empire Françcois je me fais redouter,

Nul écrit fur les miens n'oferoient attenter,

Et quiconque une fois à connu mon courage

Par crainte ou par amour me donne fon fuffrage.

Enfin jamais fçavant n'a pris un plus grand foin.

Pour ennoblir fa Verve, & la porter plus loin,

Et c'eft par les talents que mon efprit poffede

Qu'il faut fur l'Helicon que tout Autheur me
cede.

Il alloit en Heros pourfuivre ce difcours,

Quand toute l'affemblée en interromp le cours :

On fe preffe à parler, & tant de voix confufes

Font que l'on n'entend plus ni le Dieu, ni les
Mufes.

Mais enfin Apollon à qui ce bruit déplait

Commande qu'on fe t'aife, & d'abort on fe tait.

Un Autheur dont la haine eftoit encor fecrete

Se leve, & s'adreffant a ce hardi Poëte,

Penfes-tu, luy dit-il, qu'on doive couronner

Ces exploits fabuleux que tu nous viens prôner.

Quoy, pour avoir aymé cent folles médifances

A t'on efprit malin doit-on des recompenfes ?

Cet indigne metier est l'objet de tes soins :

On t'en blâme, on t'en hait, & tu n'en fais pas
moins.

Qui ne te vante point fut-il plein de merite,

Est traité dans tes Vers de fot, de parasite,

De fol, d'empoisonneur, d'yvrogne, de fripon,

Ta Muse, nous dis-tu, *nomme tout par son nom.*

Des plus illustres morts les immortels Ouvrages

N'ont pû se garentir de tes cruels Outrages,

Et d'un t'on affecté ton insolente voix

Des plus sage vivants à médit mille fois.

Aprés tant de fureur que ne dois-tu pas craindre ?

Parlons Autheurs parlons, il-est temps de nous
plaindre

Les Autheurs, à l'instant se levent presque tous,

Leurs yeux brillent du feu qu'allume leur courroux.

Selon que leur desir à se vanger les porte

Leur juste passion paroit plus ou moins forte.

L'un dit qu'il n'est qu'un fat, qu'il n'a qu'un lâche cœur,

D'attaquer la vertu, le merite, & l'honneur :

L'autre que ses écrits où regne le caprice,

N'eftallent au Lecteur qu'envie, & que malice.

Celuy · cy qu'en cherchant tous les défauts d'autruy

Il ne s'aperçoit pas de ceux qui font en luy,

Celuy-là que par tout fa fureur s'eft portée,

Que la Religion n'en eft pas refpectée,

Qu'on connoît fon genie , & fa fterilité ,

Qu'il pretend fe parer d'un fçavoir emprunté ;

Que tout fon Grec confifte en fon Dictionaire ,

Et qu'il n'eft qu'un critique injufte, & temeraire ;

Tous l'accufent enfin d'eftre un Cinique Autheur,

Et chacun à l'envie le traite d'impofteur.

Pourquoy, luy dit Horace, as-tu de tes Ouvrages

Aux dépens de mes Vers rempli toutes les pages ?

Devois-tu pour fournir à tes emportements

Mêler à mes beautez de fades ornements ,

Et rendant par un vol t'on audace publique

T'approprier fans Art toute ma Poëtique.

Pourquoy dans tes écrits luy difoit Juvenal ,

Me piller, me traduire, & me traduire mal?

Qu'as-tu fait voir du tien parlant de la nobleffe ?

        Pourquoy,

Pourquoy, luy difoit Perfe, avoir la hardieffe

Quand tu veûs qu'un avare aille courir les Mers,

D'en prendre impunément le tableau dans mes
    Vers.

Ne penfes-tu jamais que ce qu'un autre penfe?

Invente, ou cache mieux ton extrême indigence:

Alors, peut-eftre alors on pourra t'eftimer;

Mais dans tous tes écrits tu nous fais imprimer:

Nous fervons malgré nous à groffir un volume.

Ah fi tu n'y mettois que les fruits de ta plume,

Ce Livre que tu crois fi fçavant, & fi beau,

Auroit moins de feüillets qu'un Almanac nôuveau,

Et tels cayers moifis feroient plus neceffaires

Aux Vendeurs de Tabac qu'utiles aux Libraires.

Les Ecrivains & Grecs, & François, & Latins,

Luy reprochent tout huat fes plus fecres larcins,

Et pour le dépoüiller, on veut enfin qu'il rende

Tous ces biens mal - acquis que chacun luy de-
    mande.

   Ainfi lorfqu'au Palais un infigne filou

De Boutique en Boutique apellé mains bijou,

Il tâche d'impofer par fa demarche grave;

Mais dez qu'on le connoît en vain il fait le brave,

              Q

Chacun crie au voleur, il se trouve arrêté,
Depoüillé de son vol, & de tous insulté.

LUTRIGOT insensible aux plus rudes atteintes
Méprise des Autheurs les raisons & les plaintes:
D'un œil indifferent regarde leur courroux :
Si tous sont contre luy, luy seul est contre tous
Et ne rabattant rien de son humeur hautaine,
Il se croit par bravoure au dessus de la haine.

Que l'on me sache gré d'avoir dans mes écrits
Place les beaux endroits de celebres esprits,
C'est par la leur dit-il, qu'on a pû les connoître:
Loin de leur faire tort *je les ay fait paroître* :
A peine parloit-on de tant d'Autheurs divers.
Et qui sçauroit sans moy qu' Horace à fait des
   Vers ?
Ma pensée au grand jour pour tout s'offre & s'ex-
   pose.
Le moindre de mes Vers *dit toûjours quelque*
   chose ,
Et quand tous les Autheurs s'armeroient contre
   moy
Je me crois assez fort pour leur donner la loy.
Aussi je ne viens point dans l'ardeur qui m'anime

En lâche supliant mandier de l'estime.

Ce n'est que pour braver cet insolents Autheurs

Qui blâment mon Lutrin & ses aprobateurs.

Vous devez Apollon embrasser ma querelle.

Vangez l'affront qu'on fait a ma plume immor-
      telle;

Elle peut réhausser l'éclat de vôtre nom :

Chasser du Mont-Sacré des Censeurs sans renom

Leur audace est extrême, & puisqu'il faut tout
      dire

Ou cessez de les voir , *ou je cesse d'écrire.*

A ces mots ménassants dont son cœur s'aplaudit

On ne sçait que répondre , on se regarde, on rit.

Tous les sçavant enfin que son orgueil outrage

Se mirent à crier bernons ce personnage;

qu'il soit berné cria le peuple déchaîné ,

Et l'Echo repondit qu'il soit berné , berné ;

   Ainsi d'un Charlatan l'éffrontée Eloquence

Vante en vain son remede , & sa fausse Science.

S'il n'a de ce qu'il dit que luy seul pour garant

Tout le monde indigné le traite d'ignorant :

Tous ceux qu'il a trompez s'animent pour le
      batre ,

Et veulent renverfer & drogues,& theatre.

Mais Apollon retient par fon autorité

Les violents tranfports de ce peuple emporté.

Malgré cette fureur il veut qu'en fa prefence ,

On donne à LUTRIGOT une exacte audienace ;

Chacun reprend fa place alors fans s'ébranler

Le brave & grand Autheur achêve de parler,

   Pour faire voir , dit-il, que ma veine eft fertile,

Que je mêle toûjours l'agréable à l'utile ,

Que je puis foûtenir ce titre glorieux

De Prince des Autheurs qu'on me doit en tous
   lieux ,

Et que tout le bon fens trouve en moy fon refuge

Qu'on life mon Lutrin , & qu'Apollon en juge.

Ouy bien qu'en mes écrits tout foit exquis &
   beau ,

Rien n'y peut égaler ce Poëme nouveau.

De tous les Ecrivains ne fuis-je pas l'unique

Qui change le burlefque en parfait heroïque ,

Au lieux que cent Autheurs *par leurs Vers mon-*
   ftrueux

Font de leur heroïque un burlefque ennuyeux?

Je n'aprehende point de tromper voftre attente.

Vous y verrez briller l'Epopée éclatante.:

Le grand le merveilleux en font les incidents :

Tout parle, tout s'exprime en terme tranfcen-
dants :

J'embellis noblement & l'Art & la nature,

Et je fuis preft enfin d'en faire la lecture.

Aprés qu'il à finy ces faftueux propos,

Le Dieu prend la parole, & repond par ces mots.

Je fçay que tes écrits qu'on peut fans complai-
fance

Apeller l'Elixir du fçavoir de la France,

Se rendent redoutable à tout le genre-humain.

Quand le grand LUTRIGOT a la plume à la main,

Et que fa Verve enfante une docte Satire

Chacun cache les fiens,& n'ofe plus les lire.

Tout divin que je fuis peut-eftre aurois-je peur

S'il falloit en champ clos combatre un tel Autheur.

Ris de ces vains efprits dont la folle critique

Veut blâmer ta conduite, & ta Verve cinique.

Que fera leur Cenfure, & leurs efforts jaloux ?

Tu n'as pour les punir qu'à les méprifer tous.

Il eft vray que je vois qu'un-jour certain Poëte

Tâchera d'affoiblir le fon de ta trompete ;

Q iij

Mais cet esprits frivole, indiscret, & grossier,

Que l'Egypte à nourri durant un Lustre entier,

Qui cherchoit le Parnasse au pied des piramides,

Ne fera contre-toy que des Vers insipides ;

Un Quatrin seul poussé de ta bruyante voix

Va d'abord l'étourdir, & le mettre aux abois.

Ie laisse tes hauts faits qu'à peine l'on peut croire.

Nous en avons le fruit, toy seul en-as la gloire.

Ne songe donc icy qu'à remplir nos desirs,

Qu'à nous donner bien-tost de solides plaisirs ;

En faisant t'on Lutrin tu-vas te satisfaire,

Tu vas par tes beaux Vers nous instruire, nous
    plaire ;

Et toute l'assemblée a raison d'esperer

que tu ne liras rien qu'on ne doive admirer.

CHANT X.

S Ans que le Dieu des Vers le presse d'avantage

LUTRIGOT se dispose à lire son Ouvrage :

Il ouvre ses cayers, touche & crache trois fois,

Il compose son geste, il mesure sa voix,

Et dit éloquemment qu'un *pupitre effroyable*

Est du Poëme entier le sujet admirable ;

Enfin il lit tout-haut, & fait voir dans ses Vers

Les grandes actions de ses Heros divers.

La discorde y paroit *toute noire de crimes*

Sortant des Cordeliers pour aller aux Minimes.

On-y voit dans leur lustre,& dans leur plus beau jour ,

Les nocturnes exploits de l'horloger *la Tour* ,

Ce nouvel Adonis à la taile legere,

Qui fait tout le souci d'Anne son horlogere,

Anne qui se pendoit sans la chere *Alizon*,

Et qui dit en heurlant tout ce qu'à dit Didon.

Il lit en Vers pompeux la forme, & l'origine

Du Lutrin, ou plûtost de l'enorme machine,

Et de ses ais pourris l'ample description

Jette les Auditeurs dans l'admiration.

Quand il d'écrit *l'oyseau qui prône les merveilles*
Il enleve les cœurs , & charme les oreilles.

Que la veine à d'attraits, & que ses vers son beaux!
Quand il peint la molesse au millieu de Cîteaux,
Qui demande en pleurant *quel démon sur la terre*
Soufle dans tous les cœurs la fatigue & la guerre ?

Qui n'admireroit pas ce pieux sentiment ,
Marqué de sa sagesse, & de son jugement ,
Lorsque dans son Ouvrage il dit avec franchise ,
Que de tout abimer *c'est l'esprit de l'Eglise.*
Quel plaisir n'a t'on pas *du hibou* que la nuit
La lanterne à la main à pas pressez conduit ?
Par un cri menaffant : par un batement d'âile,
Il fait fuir trois Heros, il éteint leur chandele ,
Et si par la difcorde ils n'étoient réünis
Leurs cœurs seroient glacez,& leurs exploits finis.

A t'on veu de pensée & plus nobles,& plus belle,
Qu'de faire sortir la *bruïante Cresselle :*
Quand le sonneurs Girard *par des saints hurle-*
        mens ,
N'oferoit éveiller *les Chanoines dormants.*

Il fait avec prudence assembler le Chapitre
Pour oser renverser ce terrible Pupitre.
Il donne à ce recit des charmes si nouveaux!

Il y fait éclater des fentiments fi beaux :

Il y cite fi bien l'Alcoiant & la Bible ,

Qu'à fes traits d'éloquence on eft d'abord fenfible.

Que diray-je de plus on l'admire toûjours ,

Et chacun fe recrie aux furprenants difcours

Que font tant de Heros formez à l'aventure ,

Tant de divinitez de nouvelle ftructure,

Sur tout à ces beaux Vers ou le grand LUTRIGOT

Compare enfin L O U I S *au fidelle Girot.*

Tout n'eft-il pas divin ? S'il voit *la nape mife*

Il en *admire l'ordre, & reconnoît l'Eglife.*

Il tourne en jeu d'efprit le *benedicat vos* ,

Les bénédictions qu'on repand *à grands flots ;*

Les Offices divins *l'en bon point des Chanoines ,*

Les Prélats les Abbez, *le vermillon des Moînes ;*

Et mille autres endroits chantez du même Ton ;

Qu'on entendoit jadis chanter à Charenton.

Mais rien ne touche plus cet illuftre auditoire,

Rien ne couvre l'Autheur d'une plus jufte gloire,

Et ne reléve tant l'hiftoire du Lutrin

Que le combat qu'on donne aux plaines de Barbini.

Non jamais action ne fut plus éclatante.

Il la lit d'un air fier, & d'une voix fonnante.

Il fait voir ſes Heros au combat acharnez.

Tous les coups ſont toûjours où recens, où
     donnez.

Chaque Livre jeſté fut-il ſans couverture,

N'eût-il que trois feüillets, fait plus d'une bleſſure,

Et lorſqu'on voit *Brontin* qu'un coup de livre
     abat

La troup tremble, fuit, & finit le combat.

C'eſt-là que du Prélat on reconnoît ladreſſe :

Quand *tirant du manteau ſa dextre vangereſſe*

Il fait aux ennemis deſertant le degré,

En preſence du peuple un *inſulte ſacré*.

La Cataſtrophe enfin de ce rare Poëme

Paroit aux Auditeurs d'une beauté ſuprême ;

Car ces vaillants Heros las de tant de hauts faits,

Laiſſent là le Pupître, & demeurent en paix.

   Aprez que du Lutrin on a fait la lecture

Dans toute l'aſſemblée il s'éleve un murmure.

Chacun voudroit parler, crier, & critiquer;

Mais chacun ſe retire, on n'oſe s'expliquer,

Et tout le monde attent avec impatience,
Du ſçavant Apollon la divine ordonnance.
A la fin le Dieu parle, & d'un ton noble & haut:
   Cet Ouvrage, dit il, me paroît ſans défaut.

Tout charme en fon fujet, tout enchante en fon
    ftile

Que chacun rende hommage à cet Autheur habile,

Je le veux, je l'ordonne, & je pretent enfin

Qu'on le mette à Cheval fur un vafte Lutrin :

Que monté de la forte on le fuive, & qu'il faffe

En Heros triomphant tout le tour du Parnaffe.

Les neuf Celeftes fœurs, & les grands Ecrivains

En font ravis de joye, & chacun bat des mains.

    Vers une galerie on font tous les regiftres

Eftoient comme inconnus deux antiques pupîtres,

Qui fervoient autre-fois dans le docte vallon,

pour les Livres facrez des himnes d'Apollon,

Le plus grand fut choifi qu'avec beaucoup de peine

On dreffa fur un Char peint de couleur d'Ebene

Pegaze le tiroit marchant d'un pas égal.

On mit fur ce Lutrin LUTRIGOT à Cheval.

    La marche fut dans l'ordre, & parut affez belle.

On vit d'abord paffer une longue Sequelle

De petits Ecrivains, dignes, imitateurs

Du fçavant LUTRIGOT le Phenix des Autheurs.

Ils crioient tous enfemble, & d'une force extrême,

Vive le grand Autheur, & fon divin Poëme.

En fuite paroiffoient tous les Autheurs fameux

Grec, Latins , & François , ils marchoient deux à
    deux ,

Et recitoient tout haut en differents langages ,

Tout ce que LUTRIGOT a prit dans leurs Ou-
    vrages.

Quatre grands Chart couverts d'une étoffe de prix

portoient de cet Autheur les sublimes écrits.

Sur l'un étoit placé son Poëme heroïque ,

Sur l'autre son longin , & son Art Poëtique :

Ses Satires dans l'un effrayoient les Autheurs ,

Ses Epîtres dans l'autre estonnoient les flateurs,

Et des Centaures noirs sous des harnois bizarres,

Trainoient ces quatre Chars remplis de pieces
    rares.

    Au milleu des neuf Sœurs le sçavant Apollon

Pour l'honneur du Triomphe avoit son violont.

On voyoit Vranie avec une trompete ,

Polimnie en marchant chantoit sur la Musete,

Terpsicore suivoit au son du Flageolet ,

Calliope dansoit quelques pas de Balet ,

Clio battoit la Caisse , & paroissoit en masque ,

Euterpe se servoit d'un vieux Tambour de basque,

Erato s'y fit voir la Guitare à la main ,

Melpomene frapoit sur un Bassi d'érain ,

Thalie en grimaçant joüoit de la Vièle ,

Et dans sa marche enfin cette troupe immortelle ,

Du geste , & de la voix animant les Autheurs ,

Redoubloit le plaisir de tous les spectateurs.

    Le Char venoit aprez chargé de la machine ,

Sur laquelle on voyoit avec sa sombre mine

LUTRIGOT triomphant, qui d'un air serieux

Saluoit ses amys de la teste, & des yeux,

Les essieux gemissoient sous un poids si terrible;

Ils portoient un Autheur aussi grand qu'invincible.

    Des deux côtez du Char marchoient par pe-
lotons

Les chantres du pont neuf armez de longs bâ-
tons.

Tout autour paroissoient vêtu d'habits grotesques,

Chantant, dansant, sautant des Satires burlesques,

Et derriere on comptoit mille Autheurs inconnus

Que le grand LUTRIGOT avoit jadis vaincus;

Ils suivoient ce Heros en Merveilles fertile.

Tel parut autrefois le vaillant Paul-Emile,

Trainant aprez son Char, tous les chefs que son
bras,

Avoit mis sous le joug en ses divers combats.

Le fameux LUTRIGOT dont l'implacable plume

A blessé tant d'Autheurs dans son vaste volume;

En ce jour solemnel use de tous ses droits,

Et fait voir son Lutrin l'honneur de ses exploits

Faire un Lutrin c'est plus que forcer des mu-
railles,

Que donner des Combats, que gagner des ba-
    tailles.

Et comme en un triomphe il est permis à tous

De railler le Heros sans craindre son courroux :

Les Autheurs le traitoient de flateur agreable.

De traducteur divin, de satirique aymable,

Vantoient son air galant, sa valeur, sa beauté,

Admiroient son humeur, & sa vivacité,

Et tous ensemble enfin luy demandoient par grace,

De ne pas leur fermer les portes du Parnasse.

Mais à peine le Char pour achever son tour,

Passoit pompeusement sous une vieille Tour,

Qu'un Sinistre *hibou* né pour troubler la feste,

Vole vers LUTRIGOT, se Perche sur sa teste,

Et pour le couronner il portoit dans son bec,

Un rameaux tortueux d'un laurier jaune & sec.

Tout le monde à l'aspec d'une telle figure,

Jette des cris en l'air, & rit de l'avanture :

Le Pinde retentit de ces cris éclatants

Pegaze s'éffarouche, & prend le mords aux dents:

Il court, il saute, il ruë, & dans ses algarades

Il brise enfin le Char à force de ruades,

Et le grand LUTRIGOT par un fatal destin,

Tombe dans un bourbier accablé du Lutin.

REMARQUES.

1 **L**UTRIGOT *va paroitre une seconde fois.* Cette nouvelle édition est augmentée de huit-cens Vers. p.98

2 *La Muse se déguise en Nanon l'horlogere.* L'Autheur du Lutrin a choisi pour son heroïne Anne l'horlogere. p.102

3 *Une maison étroite &c.* LUTRIGOT a fait bâtir une maison toute singuliere. p.102

4 *Vole au sublime.* Il a traduit le traité du sublime de Longin p.106

5 *Rigelle parloit peu Garriste estoit flateur &c.* Ce sont deux amys qu'on supose se divertir au dépens de l'Autheur du Lutrin qui n'a jamais manqué d'avoir de tels amis. p.125

6 *Ieune & vaillant Heros &c.* Il commence son discours au Roy par deux Vers remplis de cinq-Epîtres. Ces deux Vers ont esté souvent critiquez. p.126

7 *Mais de faire un Poëme &c.* Dans la premiere édition de la préface du Lutrin, il veut persuader au Lecteur qu'on n'a jamais fait de Poëme plus ingenieux que le sien. p.126

8 *Si cet original &c.* Il dit dans la même Preface que jamais personne avant luy ne s'estoit avisé de faire parler les horlogeres en heroïues p.127

9 *Le discours qu'il adresse à nostre grand Monarque.* On luy a fait voir bien de fautes dans ce discours. p.103

10. *Que ce qu'au Roy Pirrhus dit son cher confident.* C'eſt un Dialogue ridicule. Il veut faire paſſer ce Roy pour un inſenſé.   p. 130

11 *Les Heros de paix.* Il jette au moule les Heros, il en fait de paix & de guerre, mais les derniers ſont plus à ſon goût. Il veut qu'un Heros puiſſe rire à ſon aiſe & prendre du bon temps, paroles qu'il fait dire à Cineas parlant à Pirrhus.   p.131

11 *Ce beau conte aſſaiſonné de l'huitre.* Ce conte étoit placé dans ſon diſcours au Roy, mais on en fit mille railleries, de ſorte qu'à la ſeconde édition il le mit dans l'Epître à Monſieur l'Abbé de * * *   p. 131

13 *Devoit-il dans un greffe &c.* Dans ſon Epître il dit que ſa famille l'avoit deſtiné pour le greffe, & qu'elle pâlit & fremit quand loin du Palais elle le vit errer ſur le Parnaſſe   p.133

14 *De Stances, de Sonnets &c.* On n'a jamais veu de cet Autheur ni Stances; ni Sonnets; ni autre pieces détachées. Mais à la fin il a fait une Ode ſur la priſe de Namur. Cet Ouvrage vaut moins que tout ce qu'il a fait.   p.134

15 *Luy gourmande le vice &c.* Il dit dans ſon diſcours au Roy que dans le temps que ce Monarque rétablit l'équité, luy la plume à la main gourmande les vices. Il eſt juſte, à ce qu'il luy ſemble, que le plus grand des Autheurs ſe compare luy-même avec le plus grand des Roys. O la belle comparaiſon.   p.135

16 *Dans les Vers inoüis de ſon dernier Ouvrage.* C'eſt la Satire contre les femmes, où il a travaillé pluſieurs années pour ne rien faire qui vaille; cette piece & ſon Ode pindorique ont eſté critiquées, & l'on a veu pluſieurs Epigrammes ſur ce ſujet, ces ſix Vers furent faits en ce temps là.   p. 135

Grand Des * * * vous radotez

Vos nouveaux Vers que vous vantez

Sont Siflez fur Parnaffe & l'on n'en fait que rire

On va bien-toft oublier voftre nom

Si vous ne fçavez plus ni loüer ni médire

A quoy diantre ferez vous bon.

17 *Que par fes beaux écrits Dacier vous a gaté.*
Monfieur Dacier a fait des Remarques fur la tradu-
ction de Longin de noftre Autheur ; mais il fuprima une partie de fes doctes Remarques en ayant
efté humblement suplié par cet Autheur, voulant
bien faire grace à celuy qui fait grace à tous le
fiecle.   p 140

18 *Il court chez la Voifin cette dévinereffe &c.*
Tout le monde fçait l'hiftoire de la Voifin qui
mourut de la main d'un bourreau   p. 143

19 *De Paris au Perou, du Japon jufqu'à Rome.*
Ce Vers eft dans la huitiéme Satire de noftre Autheur ou la raifon eft fi maltraitée, & l'homme
fi peu confidere. On fait des Remarques fur ce
Vers.   p.150

20 *Doucereux Ecrivains de frivolles fornettes.*
Dans fon Epître, il traite certains petits Ouvrages de frivolles fornettes, ne trouvant rien de folide que ce qu'il fort de fa plume.   p. 152

21 *Vos Saules non plantez &c.* Ces expreffions
nouvelles font dans la defcription qu'il fait de fon
Vilage.   p.164

22 *Les habits negligez de quelques beaux efprits.*
On ne fait point de tort aux beaux efprit de dire
que la plûpart ne fe piquent point de propreté,
p.172

23 *Qui ne se vante point. &c.* Noſtre Autheur blâme tous ceux qui ne ſont pas dans ſes bonnes graces, les injures partent naturellement de ſa plume ; il impoſe des défauts & des vices.　p.179

24 *Ta Muſe, nous dit tu, ſomme tout par ſon nom.* Il ne faut que lire ſes écrits pour en juger.　p.179

25 *Les Ecrivains & Grecs, &c.* On ſçait qu'il a pillé de tous côtez dans tous les Autheurs qu'il a lûs.　p. 181

26 *L'oyſeau qui prône les merveilles.* De la renommée il en fait un Oyſeau c'eſt une nouvelle Metamorphoſe.　p.188

27 *La molleſſe au milieu de Ciſteaux.* Il n'épargne pas les Ordres les p'us celebres.　p.188

28 *Souſle dans tous les cœurs la fatigue & la guerre.* Soufler la fatigue dans un cœur eſt une terrible expreſſion.　p.188

29 *C'eſt l'eſprit de l'Egliſe.* Peut-on dire quelque choſe de plus ſcandaleux.　P 188

30 *Par des ſaints hurlemens.* Voilà une penſée bien chrétienne & digne de ſon Autheur.　p.188

31 *Aſſembler le Chapître.* Dans le Lutrin Girot aſſemble le Chapître au bruit de la Creſſelle. l'Autheur fait dire des impertinences aux Chanoînes.　p. 188

32 *L'Alcoran & la Bible.* Les emportements Poëtiques de noſtre Autheur vont juſques à parler de la Bible & de l'Alcoran, & ce ſont des perſonnes ſacrées qui parlent.　p.189

33 *Divinitez de nouvelle Structure.* Il eſt permis à cet Autheur de former à ſa fantaiſie des Dieux & des Déeſſes　p. 189

34 *Au fidelle Girot.* C'eſt quelque choſe de bien ridicule de comparer le Roy avec Girot : voilà comme cet Autheur réüſſit en comparaiſons.　p. 189

35 *Admire l'Ordre & reconnoiſt l'Egliſe.* Ne doit-

on pas admirer cette belle & devote penſée parmi tant d'autres de la même force.   p. 189

36 *Le benedicat vos*. Il pourſuit ſes devotes railleries.   p. 189

37 *Aux plaines de Barbin*. C'eſt devant la Bou...ie du ſieur Barbin que les Autheurs ſe bâ....nt à coups de Livres.   p. 189

38 *Tirant du manteau ſa dextre vangereſſe*. Belle & fine raillerie, il a peut-être trouvé cette penſée dans Calvin.   p. 190

39 *Inſulte ſacré*. Inſulte eſt toûjours feminin.   p. 190

40 Siniſtre *hibou*. C'eſt en deriſion du hibou du Lutrin.   p. 194